「んっ……ん、んん……！」
貪った。そうとしか言いようのないキスをした。

（本文より抜粋）

DARIA BUNKO

INVISIBLE RISK 1

崎谷はるひ

illustration❋鈴倉 温

イラストレーション※鈴倉 温

CONTENTS

この作品はフィクションです。

実在の人物・団体・事件などに一切関係ありません。

INVISIBLE RISK 1

九〇年代初頭の日本というのは、やっと終わった戦後に浮かれバブルに溺《おぼ》れ、日常すべてがハレの日だけでできているという錯覚に陥《おちい》っているかのようだった。

とはいえその祭りに乗り損ねた連中からしてみると、これほどクソのような時代もなかったかもしれない。

蔓延《まんえん》した渇《かわ》きのようなものが空気中に満ちていて、敵と認めたものに向かっていつも憤りを抱《かか》えたり吠《ほ》えたりしていた。

けれども、そこには虚像であれ実像であれ、ちゃんと反目する確固たるなにかが存在していて、根っこがじくじくと湿ったまま、だからこそ水分を欲して渇いていたのだろう。

二十一世紀に突入したいまの、あっけらかんとした清潔なドライさとは、根本的に違う。

デジタルな周波数が音質の幅を狭《せば》め、ウォークマンをはじめとする、ポータブルな音楽再生機器たちが、やがて歩くひとびとの耳を閉ざさせ、頭蓋《とうがい》に残響する個人的な妄想《もうそう》に溺れる、その手前の時代。

音楽は、まだ街の空気に溶け、ひとびとの唇のうえにあった。

CHAPTER. 1
THE HEART OF SATURDAY NIGHT

話がある、と呼び出されるとき、人はなんだか落ち着かないような嫌な気持ちになるものだ。なんでその、「話がある」というその場その時ではいかんのか、と思わず考えてしまうこともある。

特にそれが、現状に問題を抱えているとか、思い当たる節だとか、そんなものがいろいろと、身の回りにとっ散らかっている人間にはなおさらだ。

実際のところ杉本智里《すぎもとちさと》の周囲には、やっかいな問題も、心当たりも山積みで、深夜に電話をかけてよこした友人の、やけに硬いものの滲《にじ》む声に、嫌な予感を覚えずにはいられなかった。

そして、嫌な予感というのは得てして的中する。

つらつらとそんなことを考えつつ、重い足を運んだ、土曜の午前中の学生食堂は、閑散《かんさん》としていてひどくわびしい。

そんなわびしい場所に呼び出され、自分を待っている相手のその表情を見付けたとき、正直いって杉本は、回れ右をしたい心境だった。

そんな内心を堪《こら》えてだまして、ガタのきている古いパイプ椅子《いす》に腰《こし》かける。

片手に持ったコーヒーは、たったいま自販機から紙コップに落としたばかりのはずなのに、やけに生温《なまぬる》く手のひらを刺激する。

「待ったか」

「いや」

妙に辛気臭《しんきくさ》い声の挨拶《あいさつ》を交わし、肩に背負ったギターケースを下ろす。そして杉本が、いかにもまずそうな紙コップのコーヒーに口を付けるか付けないか、といったところで、おもむろに彼は口を開いた。

「おれ、バンド抜けるから」

返事をしなかったのは、口に含んだコーヒーがあまりにまずかったせいもある。

普段から不機嫌そうに歪《ゆが》んでいる表情が、三割増しきつくなるのも、渋《しぶ》い酸味のせいにしたかった。

「わかってたんだろ?」

だが、この胸の中まで苦く、ずるずると重いような気分は、一杯百円のコーヒーに責任を転《てん》嫁《か》するにはしつこすぎる。

「考え直せないか?」

「無理だ」

遠慮がちに呟《つぶや》いた言葉を、思ったよりも強い語調に打ち切られ、杉本はかける言葉を失い、静かにただ目を伏《ふ》せる。

「そんな急に、って思ってるかもしれないけど。もう、ずいぶん前から決めてたことなんだ」

目の前の親友はいくぶんか辛そうな、それでもさっぱりした表情で、ひとつひとつの言葉を含めるように発した。

ぬるくざらついた感触のコーヒーを、間を繋《つな》ぐようにゆっくりと唇に運ぶ。

「とにかく、もう、バンドは続けられない。おまえだって、わかってるんだろう？　この辺が、限界だって。おれたちの」

諭《さと》すような声音《こわね》の、親友の名は今瀬《いませ》という。中学の頃からの付き合いで、彼の破格の穏やかさと、それに比例するような強烈な頑固さを知り抜いている杉本は、もうなにを言う気にもなれなかった。

いつも微笑《ほほえ》んでいるような彼の瞳《ひとみ》の、普段はやわらかい視線が、ふっと硬質なものを滲ませる。

「ごめんな。おまえ、頑張って続けようって言ってくれたけど……おれやっぱ、就職するから」

間近になる、将来の選択と、人間関係のこじれと。それらをいろいろと秤《はかり》にかけて、きっと今瀬も悩んだ末のことだったのだろう。

「遊佐《ゆさ》には、もう、ついていけないから」

リーダーでありボーカルであり、このバンドの存続に際していちばんのネックであった人物の名前に、杉本は身を硬くする。

そして、彼のその言葉に対して、それほど強く反対しきれないでいる自分の煮えきらなさが、たまらなく嫌だった。

苦い声で終わりを決めた友人に、「バンドをやろう」と誘われたのは中学生の頃のことだ。遊びの延長線のように続けてきた音楽に、はまりこんだのはむしろ杉本の方だった。

もっと先へ、もっと先へと、世界を追求することのできる「音」に対するこだわりは、いつしか仲間同士の遊びの枠を超えていて――なにより、楽しかったはずのバンドそのものが、ひどくぎすぎすしていることに気付いたときには、もう手遅れだった。

声が低く、平坦《へいたん》な音質になるのを耳に捕らえながら、もはや説得は不可能だということを、杉本は義務的に唇に運びこむコーヒーとともに飲み下す。

「磯村《いそむら》にも、今日話すつもりだ。あいつの返事も、もう見えてるけど」

閑散とした学食で、まずい温いコーヒー。やりきれなさだけが残る、この7年の思い出を、手のなかの紙コップとともに握《にぎ》り潰《つぶ》す。

終わりは空虚であっけなく、杉本の青春そのものとも言えたアマチュアバンド「ステイトメント」の解散は決定する。

痛みより未練より、あきらめと、どこか肩の荷が下りるような感覚が、たまらなかった。

＊　＊　＊

葉桜が目に清《すが》しい、四月の半ばである。風に混じる緑の気配と、新しい始まりにどことなく世間も浮き足立つ、そんな季節にもかかわらず。

杉本智里の春は、ブルーな気分で始まった。

ゴールデンウィーク明けにはやろうと決めていたライブも流れ、7年間続けたバンドは解散し、つい二週間前には、とどめのように彼女に振られた。

(杉本くん、見た目と全然違うんだもん)

つまらなそうに吐息した、ふてぶてしい表情の彼女とは、もう随分うまくいっていなかった。

実際別れ際には、なんでこんな女と付き合っていたのかさえ思い出すこともなく、グチグチといままでの不平を並べ立てる赤い唇が、やけに下品に感じてしまった。

期待はずれで悪かったかもしれないが、いったい自分になにを求めていたというのか。

(……悪かったな、地味な性格で！)

ぐっさりと突き立てられた別れ際の捨《す》て台詞《ぜりふ》は、自分のコンプレックスの根源を刺して、未だに胸を疼《うず》かせる。

杉本は背が高い。１９０近い長身で、スレンダーではあるが、高校まで続けていたバスケットボールと、幼い頃から祖父に仕込まれた剣道のおかげか、衣服の上からも一目で、鍛《きた》えられた筋肉の流れがわかる。

顔立ちはあっさりとしているが、やや下がり気味の目尻がそのバランスを崩《くず》し、それが没個性になりがちな端整な顔に、微妙にアクの強い印象を持たせていた。

瞳も髪も生まれ付き浅く、淡い色合をしていて、どこかしら表情の読み取りづらい、冷たいような感じを持たせる。

そのせいだろうか、性格までもが遊び慣れた、クールな男のような錯覚を持たれ、同性からは敬遠され、異性からは恐がられるか、件《くだん》の彼女のように「悪い男」を期待される。

実際のところは、口下手《くちべた》で真面目で、人のいいところのある、杉本智里の性格をきちんと把《は》握《あく》しているのは、あまり多くはない友人たちの幾人かしかいない。

そしてそういう、「いい奴」というのは、得てして女には「つまらない男」と受けとめられるものだ。

ルックスのおかげでアプローチをかけてくる女もかなりの数だが、そんなこんなで長く続いた例《ためし》がない。それでまた、女にだらしがないという悪評がたってしまうという、最低の悪循環を繰り返している。

泣き面《つら》に蜂《はち》の、踏んだり蹴《け》ったりだ。

苛立《いらだ》った表情を浮かべた長身の男を、すれ違う輩《やから》は怯《おび》えたように眺《なが》め、そっと首をすくめて通りすぎる。

落ち込んでいる身には、そんな視線さえもがむかむかと胃の腑《ふ》を焦《こ》がす要因になる。

なんとなくのばし続けた、薄茶色の髪が、襟足《えりあし》に触れるのも鬱陶《うっとう》しい。

いっそ切ってしまおうと思いながら、どうにも愚図愚図《ぐずぐず》としたまま床屋へも行きそびれている。

なにもかもに気が鬱《ふさ》いでどうしようもない。だというのに日常は流れ、もう後数時間でバイト先にも行かなければならないのだ。

杉本は長い足で、すっきりときれいに歩きながら、重苦しいため息をこぼす。そしてふっと、なんの気なしにめぐらせた視線の先に、幾人かの人だかりを見付け、足を止めた。

大学構内のロータリーにある掲示板には、就職課の連絡事項がびっしりと記されている。この薄っぺらなコピー紙に将来の展望を求め、幾人かの学生が群がっている。

（俺ももう、そろそろかな……）

二年後にはやってくる就職の準備をいまからはじめるのも、現在の社会情況でいえば遅いくらいだ。

「ステイトメント」は、夢だったのだろうか。

苦さを含んだ、薄い唇を噛《か》み締《し》める。未練がましく抱えているベースギターが、ひどく肩に重かった。

できれば音楽の世界で食べていきたいと、そんなふうに考えて、バンドに生活のほとんどをとられていた杉本には、ろくなコネクションもない。

世の中は相変わらず不況で、今年も就職率の悪さは最低記録を更新した。

そんな中でひとつの就職先を見付けるために数十枚の案内希望のはがきを出し、靴底を減らして歩き回るのか。考えただけでげんなりとしながら、見るともなしに眺めやった視線の先に、小さな手書きのチラシがあった。

「?」

ワープロで作成された、学生課の連絡事項や、企業の募集広告に紛《まぎ》れて、そのチープな、だが妙に勢いのある紙片にふと目が引き寄せられる。

マジックで殴り書きされたそれを、なぜだか見なければいけない気がして、遠巻きに眺めていた掲示板に近寄った。

上背と、視力の良さのおかげで人垣を抜けるまでもなく、目当てのものを見付ける。

「メンバー募集……?」

それは汚い字で、適当なボール紙に簡潔な内容が記されている。

『メンバー募集。プロ志向のオリジナルバンド。ベース経験者求む！』

角のよれた、冴《さ》えないチラシだというのに、小さく、胸が躍《おど》ったのはなぜだろうか。

人垣の後から眺めていたはずが、気付けばいちばん前に陣取って、長身を屈《かが》め、熱心に眺める自分がいた。

『連絡は経済二年—菅原《すがわら》ゼミ—中嶋哲史《なかじまさとし》まで』

手帳を取り出し、そこだけはやけに丁寧《ていねい》な、生真面目な字で記された連絡先を書き付ける。ペンを持つ手が震えていた。快晴の空に映えて、真っ白なページが目に痛い。

顔を上げた杉本は、たしかに先程までの気鬱《きうつ》が晴れているのを感じる。

最後の賭《か》けだ。そう自分に言い聞かせながら、この賭けには、なぜだか負ける気がしない。

予感があった。無論のこと、不安もある。

それ以上に高揚する気分と、一縷《いちる》の望みをかけて、普段は足を踏み入れることのない経済学部の校舎へと、なめらかな動作できびすを返す。

踏み出したその一歩が、大きく杉本の人生を変えることになるとは、このとき彼は、予想だにしていなかった。

＊　＊　＊

笑顔の印象がどことなく幼い、人当たりの良い青年は、掲示板を見たんだが、と告げた杉本の顔を眺め、一瞬ふと考えこむような表情をした。

「ひょっとしてもう、人は足りてるのか？」

杉本にしてはめずらしく、気の急《せ》いたような質問をしてしまう。ほとんど表情が変わらないせいで、傍目《はため》には冷静そうな、やたらに威圧感のある彼の内心は、焦《あせ》りと緊張で膨《ふく》れ上がっていた。

「あ！　いえ、そうじゃないですよ！　大歓迎なんですけど」

慌《あわ》てたふうに両手を振ってみせる後輩は、掲示板にあった『中嶋哲史』だ。杉本よりも頭半分ほど低い身長で、丸い、子犬を思わせるような瞳と、あっさりした清潔そうな黒髪の、どちらかといえばおとなしそうな青年だった。

「とりあえず、ロビーに行きませんか。ここで立ち話もなんだから」

「ああ」

懐《なつ》っこい表情に、実は人見知りの気のある杉本はほっとする。優しげな印象は、親友の今瀬と似通う部分もあって、奇妙な強《こわ》ばりを解《ほぐ》す効果になった。

午後の一コマ目の講義が終了したばかりで、学生ホールはごった返している。

一通りの自己紹介をすませ、本題に入ろうかというところで、中嶋がやけに杉本の顔を凝《ぎょう》視《し》しては考えこんでいるのに気がついた。居心地悪く、間をもたせようと、胸ポケットの煙草を探る。

真っすぐで素直な視線、なにかを思い起こそうとするように顔が顰《しか》められ、そして不意に、

「ああ!」と声を上げた。

そのいきなりのリアクションに、煙草をひどく深く吸いこんで、杉本はむせ返りそうになる。

「そっか! わかった! 杉本さんですね!?」

「…っ……? なに?」

慌てて唇から離した煙草の煙が目にしみて、顔を顰めた杉本に、中嶋は早口にまくしたてた。

「おれ! おれ、中嶋です! 慶西《けいせい》高校で後輩でした! お久しぶりですっ!」

いきなり立ち上がり、体育会系よろしく深々と頭を下げた彼を見つめる杉本は、ぎょっとなり、目を丸くする。

「覚えてないかもですけど、部活も一緒でした、あの、バスケ部で!」

「はあ」

もしかしてこれは、失敗したのかもしれないと。

一瞬そんな考えがよぎったけれど、ひどく嬉《うれ》しげに瞳をきらめかせた中嶋の期待に満ちた眼差しを裏切れず、またなんだか――その手放しの好意が嬉しくもあり、思わず知らず、口元に浮かぶのは、久方ぶりの微笑だった。

その日はバイトがあるからと、とりあえず連絡先など交換しあい、中嶋と別れた杉本の足取りは軽かった。

出身高校が同じであり、また同じ部に在席していたことを思い出してからは、まともに話すのはこれが初めてと思えないほどの打ち解けた一時だった。

部員の少なさと年功序列から一応レギュラーのポジションには居たものの、いいとこいって地区大会の予選一回戦で敗退の弱小バスケット部は、杉本にとっては軽い遊び程度のものだった。言われてみれば、なるほど一学年下に中嶋という名前の部員がいたとは思うが、もともと人付き合いが苦手なうえに、バンドとのかけ持ちであまり真面目に顔も出さなかった口だから、正直中嶋がそのことを覚えているほうが不思議だった。

ともあれ、話題の糸口が見つかり、口下手な杉本の気持ちも随分と和《やわ》らぐ。

本人は無意識なのだろうが、接した人間を明るい気分にさせる中嶋は、このところふさぎこんでいた杉本にとってはいい意味で刺激になった。

温和そうな外見から、うっかりすれば彼は侮《あなど》られがちであろうが、ときに熱っぽく語る口調や瞳が、なかなかに芯《しん》の強い性格を覗《のぞ》かせて、好ましかった。

高校時代の思い出話から発展して、音楽の趣味も意外に似通っていて、彼とならばうまくやっていけそうだと、人付き合いの下手な杉本にしては、まあ感触は良かったほうだろう。

だがやはり、実際に音を聞いてみなければわからないからと、三日後の土曜日に、彼らのよく出入りしているライブハウスで落ち合う約束を取り付けた。

ただひとつ気がかりなのは、中嶋の残した言葉だろうか。

(――なんか、入ってもらう前からこんなコト言うのはあれなんですけど)

気分を害されてもなんなんで、一応耳に入れときますがと、歯切れ悪くぼそぼそと、中嶋は言う。

(ウチ、ドラムとボーカルがめっちゃくちゃ喧嘩《けんか》っ早いんです。二人とも根はいい奴なんだけど、なんていうか……とくにボーカルの、汐野《しおの》って言うんですけど、……利《き》かん気で)

えらく重苦しい前置きに身構えた杉本は、そんなことか、と破顔する。

(俺の前のバンドのボーカルも、面倒な奴だったから。あれを超えるってのはめったに居ないと思うから、大丈夫じゃないかな)

天才肌で癇性《かんしょう》で、神経質だった遊佐。

憧《あこが》れであり目標であり、杉本のコンプレックスの根源でもある彼のことを語るとき、わずかに苦くなる自分の口調に気付いて、殊更《ことさら》に杉本は明るく言ってみせる。

(そう言ってもらえると、助かるんですけど……)

ウチのは子供っぽいくらいだから、と語る瞳は、むしろどこかしら、やんちゃな弟を自慢げにするような、そんな暖かな色を滲ませている。

いい人間関係なのだろう、とそのとき、やけに微笑ましく、また羨《うらや》ましいような気もしたものだ。

遊佐とは、そういうものを分かち合うことができなかった。今瀬も自分も磯村も、ただどんどんと遠くなる彼の背中を眺めるばかりで、必死になって走り続けた足元は、もう見えない。

終わったことなのだといくら言い聞かせても、同じものを見つめることのできない痛みと悔しさは、早々に拭《ぬぐ》い去れるものではなかった。

自分の気持ちを切り替えるために、そんなふうに呟いてみる。

「まあ、いいさ」

とりあえず、三日後である。吉と出るか凶と出るのか、もうそれはなってみなければわかるまい。

一人暮らしのアパートは、小綺麗《こぎれい》にしてはあるが殺風景で、暗がりのまま主人を迎える。めまぐるしい展開になった今日に疲れて、風呂好きの杉本も、湯槽にゆっくり浸かろうという体力は残っていなかった。いい加減に身体を洗い、だるいままに髪を乾かした。

鈍い動作で布団に潜《もぐ》りこみ、それでもその夜は随分と健やかな眠りに見舞われる。

穏やかで単調な、杉本の生活が、その三日後を境に急速に色合を変えていくことになるのだが、そんなことは未だ、眠りをむさぼる青年にわかろうはずもない。

春の雨が気紛れに窓を叩《たた》くのは、嵐の前触れであることを、彼に教えるすべはなにもないのだった。

＊　＊　＊

渋谷某所《しぶやぼうしょ》のライブハウス、「S-CALL」には、幾度か杉本も足を踏み入れたことがある。

割合にメジャー感のあるバンドを取り上げるそのハコは、アクの強いインディーズ系の登《とう》龍門《りゅうもん》である、吉祥寺の「M」や、「R」と並ぶほどまではいかないが、幾つかのプロバンドを生み、そこそこに名の知られた場所だった。

店の内装も比較的小綺麗で、受け付けのカウンターはミニバーふうにしつらえられている。「ステイトメント」時代、杉本の立ったステージは、煙草の焼け焦げやなにとはわからない染みのこびりついた床と、ガタのきた内壁からいつでも埃《ほこり》が舞っているような、そんな裏寂《うらさび》れた印象のある、小汚い場所ばかりだった。

わずかばかりの気後《きおく》れを感じつつ、カウンターにいた女性に声をかける。服装はスポーティーだが華やかな容姿の彼女は、杉本の名を聞くとすぐに、その大きめのきれいな瞳を和《なご》ませた。

「哲史……中嶋くんから、聞いてます。こちら、控え室ですから」

ほとんど溜《たま》り場なんですよと、きれいな声で彼女は笑った。

溌剌《はつらつ》とした彼女は久野美弥《ひさのみや》といい、中嶋の幼なじみで、この店の常勤のバイトであるらしい。

背中の中程まであるきれいなロングヘアをたなびかせ、身軽な動作で背の高いスツールから降りる。

どうぞ、と促《うなが》されるまま足を運ぶ。扉をあける瞬間には、ひどく緊張して、喉が渇いた。

軽く息を吸いこみ、ひとつに結いた長い髪を軽く引く。

「哲史ー。杉本さんきたよぉ」

明るい声の美弥に先導され、軽く背を曲げてドアをくぐると、室内の人間の視線が一瞬にして杉本に向けられる。

ぴりっとした緊張が走り、杉本は表情を硬くする。

「あ、杉本さん！　ちわっす！」

中嶋は明るく笑んで会釈する。

「うっす」

その傍《かたわ》らにいたガタイのいい荒っぽい雰囲気の、だが人のよさそうな男も、煙草を横ぐわえにしたままにやりと笑ってみせた。

「ど、うも――」

だが杉本の視線は、その奥に居る、ひどく繊細な容姿の青年に釘《くぎ》づけになる。

器材の積まれた棚の上に片膝《かたひざ》を立て、黒い細身のレザージャケットに身を包んだ彼は、ちょっと見かけないほどのきれいな顔をしていた。

笑いのない、冷たいような視線をじっと投げかけ、値踏みするようにねめつけるそれがひどく不愉快だった。

だがそれ以上に、その昏《くら》く鋭い視線をも忘れさせるような、流麗《りゅうれい》な顔立ちに目を奪われる。

「紹介しますね、コイツが高野《たかの》」

「高野圭亮《けいすけ》だ。よろしくな」

「ああ……よろしく」

人好きのする高野の笑顔に、有《あ》り体《てい》な挨拶を返したものの、杉本の視線は線の細い青年に注がれたままだ。

「で、あれが――ね」

先日の話の通りで、と曖昧《あいまい》に笑った中嶋に、軽くうなずいてみせる。

言われるまでもなく、彼が「汐野真理《まさみち》」であることはわかっていた。だが、あらかじめ聞いていたイメージとのギャップに、杉本は面食らったままだ。

イメージの中の、顔も知らない「汐野」は、少し背の低い、ガキ大将のような顔をした、気さくな青年像だった。

しかし、それが。

(ちょっとこれは……違ったな)

整いすぎて気後れするような、二重のアーモンド型の瞳は、挑《いど》むように杉本を見据えている。漆黒《しっこく》の双眸《そうぼう》は濡《ぬ》れたような光を放ち、ひどく居心地の悪い気分になる。

「アンタが杉本?」

そして、気後れした杉本を見透かしたような、冷めた笑いを含んだ声が、ほの赤い唇から発せられた。

優美な、女性的な印象の顔立ちからは想像のつかない、低くなめらかな低音は、ひどく胸を騒がせる。

汐野は、挑むような視線のまま、すうっと瞳だけを笑みに象《かたど》る。

「ましな音、出るんだろうな」

「なに……?」

ぴくりと、杉本の頬《ほお》に剣呑《けんのん》なものが浮かぶ。

「汐野っ!」

たしなめるような中嶋の声と、「また、もう」という高野のぼやきは、杉本の耳には入らない。

「随分歓迎されてるみたいだな、俺は」

威嚇《いかく》するようにオクターブ下がった杉本の声にも、汐野はひるんだ様子はなく、しなやかな黒猫を思わせる動作でひらりと床に降りる。

歩みはきれいで、杉本の眼前に立ったそのとき、かわす視線の近さに、彼が遠目に見るよりも随分と背が高いことに気がついた。

「俺はただ訊《き》いただけだぜ？　いままでがろくなもんじゃなくてね。アンタも」

そして、骨細い作りの指先を、ついと杉本の胸元に突き付ける。

「見かけ倒しじゃなけりゃいいけど？」

「——……！」

その言葉は、杉本にとっては鬼門だった。初対面の青年が、それを知らぬのは仕方ないこととしても、おそらく年下であろう相手に、こんな態度をとられて、鷹揚《おうよう》に笑っていられる性格でもない。

眇《すが》められた杉本の不愉快そうな表情を、にやりと受けとめ、挑発するように指先を弾く。逆鱗《げきりん》に触れたことも知らず、くっと笑ってみせた汐野から、杉本は視線を外した。

「中嶋」

怒りが頂点に達したときの常で、語りかける声は穏やかだった。表情がさほど変わっていない杉本に、中嶋の縋《すが》るような瞳が向けられる。堪えてくれ、と訴えているのはわかっていた。

だが、後輩に対する義理よりも、端麗な容姿と裏腹の、根性の捻曲《ねじま》がった男に対する怒りは、強かった。

「─俺は、ビジュアル系のバンドだとは、聞いてなかったけどな」

「すっ……杉本さっ……！」

引きつった表情の中嶋が息を吞《の》み、吐き捨てるように呟いた杉本がきびすを返すよりも早く。

「あ……ぶねっ！」

「─ッ⁉」

叫んだ高野の声に振り向いた杉本の、その胸元に、きれいな蹴りが入った。

「う、ぐッ……！」

凄《すさ》まじい音を立て、杉本の身体が壁に打ち付けられる。近くにあった段ボールが崩れ、美弥が小さく悲鳴を上げた。

胸を押さえて咳《せ》きこんだ杉本に、嚙み付くような声が聞こえる。

「ふっざけんな……！　てめ、なにか、ああ⁉　俺に化粧して、ヒラヒラの服でも着ろってのか！」

「バカ、よせ汐野！」

必死の形相で取り押さえる高野と、もがく汐野が霞《かす》んだ視界に映る。

「すいません、すいませんっ！　大丈夫ですかっ！」

「な、わけ、ないだろーがっ……！」

駆け寄って頭を下げる中嶋を片手で押しやり、咳きこみながら、崩れた前髪の隙間《すきま》から汐野を睨《にら》み付ける。

「おまえ。汐野！」

「なんだよ、やるってのか！」

痛みにかすれたままの声で杉本が怒鳴り付けると、ぎっと睨み付けてくる。だがその少女めいた唇が悪態をつく前に、やめてやると怒鳴るつもりだった杉本は、自分でも思いがけない言葉を発していた。

「不愉快なら口で言えっ！」

同じほどの鋭さで睨み返し、杉本は手を振りかざした。

パン！　と小気味よい音を立て、平手を張った小作りの顔は、一瞬きょとんとする。

これであいこだ、と胸をさすり、惚《ほう》けている相手に畳みかけるように杉本は怒鳴り付けた。

「癇癪《かんしゃく》を起こしたからっていきなり蹴る奴があるか！　犬猫じゃないんだから言えばわかるんだ言えば！　第一、買われて不愉快なら喧嘩なんぞ売るな！」

「……」

いきなり説教をかまされ、ぽかんとした表情になる汐野と、怒《いか》らせた肩で荒く息をついた杉本を、残りの面子《メンツ》は恐々《きょうきょう》と見守っている。

「わかったのかっ！」

「はぁ」

毒気を抜かれた表情で、ぼんやりとうなずいた汐野の、その幼いような表情に、杉本は苦い表情で深く嘆息する。

(確かにこれは癇癪持ちの利かん気だよ、中嶋……)

ああ、まったく確かにこれはお子さまだった。

同じ次元で腹を立てていては、もうどうにも話にならない。

「す……杉本さ……!」

きびすを返した杉本を、慌てて追いかけてきた中嶋に、

「今日はもう駄目だろう」と静かに告げる。

「出なおす。考えさせてくれ」

背後で、高野が汐野を小突く気配があった。だがそれさえも、もう気にかける余裕はない。

これで道は閉ざされた。あとは、ひたすら就職課に通うしかないのか。

げんなりと、そんなことを思えばなんだかひどく疲れて、一刻も早く帰りたいとドアに手をかけたとき。

おずおずと背中を叩かれる。

「?」

重いため息をこぼしながら振り向くと、拗《す》ねたような視線で唇を噛んだ汐野の、小綺麗な顔

が目の前にあった。

「なんだよ」

不機嫌さを隠せずにうっそりと問いかけると、これ、とカセットを手渡される。

「俺たちの曲。見た目だけで判断されちゃ、かなわねーから。聴いて、そんでアンタが決めろよ」

ぼそぼそと、そっぽを向いたまま語られる言葉の意外さに、杉本が目を見開く。

そしてその言葉に、ひょっとしたら彼も、自分と似たようなコンプレックスを抱えているのだろうかと、きれいな顔立ちを眺めやる。

黙ったまま受け取り、上着のポケットに滑りこませる。視線を上げた瞬間、うつむいた白い頬が、浅く腫《は》れているのに気がついた。

剣道有段者の杉本が本気で殴れば、この程度ではすまなかったはずだ。相当に手加減はしていたし、男を殴ったところでなんの引け目があるわけもなかったのだが、瞳の表情が隠れれば、なんだか幼いラインの頬に、痛々しさを見付けてしまう。

「殴って悪かったよ」

静かな声でそれだけを告げ、なにか言いたげな眼差しと、留めようとする中嶋の声を振り切って、後ろ手にドアを閉める。

「待って……！」

カウンターを抜け、出口の階段を中程まで上ったところで、きれいな高い声が追いかけてきた。

息を弾ませて階段を上ってきた美弥は、縋るように杉本の硬い腕を摑む。

「あのっ……ダメだとか、思わないでねっ？」

「うん？」

「三人とも、一生懸命なの、本当なの！　汐野は確かにひねてるけど、突っ張ってみせてるだけなのっ……！」

美少女の懸命な口調は、確かに杉本の気持ちを打ったけれど、曖昧に苦笑を浮かべ、やわらかい細い指を外させる。

「考えさせてくれって、言ってもらえるか？」

結局のところ、真剣な瞳に対する、精一杯の誠実な答えはそれしかなく、唇を嚙んだ美弥は静かに引き下がる。

そうしてまた上りはじめた階段の先は、夜の帳《とばり》の下りた、華やかで雑多な闇《やみ》の中だ。

蹴られた胸が軋《きし》んで、軽く押さえて咳きこむ。

まあこれで、あの汐野が自分を加入させようなどとは思うまいと、軽く痺《しび》れたような手のひらを握りこんだ。

最悪だ、と呟いて腕を伸ばし、杉本は濁った夜の空気を吸いこんだ。

これで終わってしまったなと、諦めの吐息は苦かった。

「髪、切るか」

そして就職課へ日参だ。

かさばるポケットの中身も、せっかくだから一応聴いて、それで全部終わりにしよう。妙にさっぱりとそう決意して、なにかを踏切るように歩きだす。そのくせに、軋む胸はいつまでも、杉本を苛《さいな》んでいた。

路上の喧騒《けんそう》に紛れる、小さな空咳は、夢の潰れる痛みだったのかもしれない。

やけに感傷的なことを思い、帰路につく。

指先に当たるプラスチックのケースには、硬質な文字で「INVISIBLE《インヴィジブル》 RISK《リスク》」と記されている。

不可視の——予測のできない危険、とは、ひどく彼に似合いだと、印象深い漆黒の双眸を思い出し、小さく笑う。

そして、ひどく忘れがたいような、あのなめらかな声は、どんなふうに歌うのだろうかと考える。

霧散《むさん》してしまった最後のチャンスより、目先の現実の問題より、そんなことばかりを考えている自分が居て、少々鼻白む思いがする。

なにとはわからない高揚感に包まれ、杉本の足取りは我知らず、軽いものになっていった。

＊　＊　＊

杉本が目覚めると、時刻はすでに午後を回ってかなりをすぎた頃だった。

「あ、れ?」

ぼんやりとしたまま、やけに痺れるような利き腕を訝《いぶか》しみ、のろのろと重い視線をめぐらせる。首がひどくこっていて、鈍痛に顔を顰めながら幾度も瞬《まばた》きをする。そしてようやく、自分の腕がギターのネックを握り締めたままであることに気がついた。

だるい身体を起こすと、部屋の惨状にようやく気がつく。重苦しいため息は、アルコールの匂いがする。

譜面と酒瓶が散乱した部屋のなかで、着の身着のままで眠りこんだものらしい。ぐらぐらと重い頭の感覚には覚えがあって、軽い二日酔いであると判断する。春先にシャツ一枚でうたた寝たところで、風邪もひかない自分の頑丈さには感謝したが、わずかに残る酩酊《めいてい》感と寝起きの血の巡りの悪さに、情況判断がつきかねた。

「え―……と」

確か昨夜は中嶋に会いにいって、それで――。

「あ―」

それで、汐野とかいう黒猫のような青年と一悶着《ひともんちゃく》をやらかした、その顚末《てんまつ》を思い出し、頭痛がさらにひどくなる。

そして散らばった譜面の上の、無意識に書き散らされた言葉とキィコードに、酒に染まった瞳は苦いような笑いに歪む。

ヤケ酒をあおりながら、つまみ代わりにと、彼にもらったテープをかけたのがまずかった——。

散らばった紙片に、自分の未練が塗りこめられて、哀れな気がする。

ほろ酔いの耳にヘッドホンから流れてきた音は、幼い激しさのある、だが不思議に魅力的なものだった。

自主制作の、それもたぶんライブ中のものを録音したのだろうテープは音質が悪く、走りすぎるドラムと嚙み合わないベースの、リズム隊の相性の悪さはいっそ笑えるほどだった。反してギターはおとなしめで、だが堅実である。これはおそらく中嶋だろう。ギターに触れてまだ日の浅そうな、技術的に研《みが》かれていないが、センスのいい音だった。

七年もの間、地道にやり続け、スタジオミュージシャンの手伝いもするほどだった遊佐は、音にも厳しかった。その口うるさいリーダーのおかげか、「ステイトメント」の演奏力だけは贔屓目《ひいきめ》を抜いてもかなりのものだった。

そのメンバーであった杉本にとっては、これでプロ志向とは、と呆《あき》れるような微笑ましいような、そういうレベルの技量だ。

無論、技術があるだけではどうにもならない。その先を掴むことが出来るのは、才能と、ある種の運のようなものがなければ無理だ。

そしてそのどちらからも、自分は見離されたということだ。杉本は片頬で、昏い瞳で笑う。

しかし、その薄茶色の双眸は、ギターのリフが変わった瞬間にはっと見開かれた。

「──!」

正直言って貧弱なサウンドをバックに、突き刺さるような激しい声が杉本の耳に飛びこんでくる。

汐野だった。

あのなめらかで冷たい声が、マイナーコードのメロディに乗るとき、ぞくりとするようなものが背筋を走った。

時折ややかすれ気味のそれは、喉の弱さと高音の不安定さを確かに物語っていたが、補って余りある魅力がある。

シャウトの多い、ビートパンク系の単調なメロディが、物足りなさと「俺だったら」という気持ちを掻《か》き立てる。

(こういう声質なら音はもっと重くして……コードはｂメジャーで)

イメージが、頭の中を駆け巡る。

気がつけば中古屋に売り払おうと考えていたアコースティックギターを引っ張り出し、頼まれてもいない、初めて聴いたバンドの曲のアレンジを思索する。

そして、その途中に浮かび上がったメロディを、回しっぱなしのウォークマンに吹きこみ、形になりそうなコードも言葉も思いつくままに書き散らしていた。

この作業に、杉本は夢中になった。

もの凄い勢いで杉本の頭に浮かんでくるメロディの断片は、そしてすべて、彼の声で奏でられているのだった。

「は」

酔っていたのだと、自分を嘲笑《あざわら》おうとして、けれどそれは引きつったような吐息に変わる。

どうせろくなものではないだろうとやけになって再生した、昨晩の自分の吹き込んだカセットは、けれど一つ一つの音がひどくひたむきで真剣で、我ながら面映《おもは》ゆいほどに、きれいなメロディだった。

そして杉本は不意に、笑いだしたくなる。

以前のバンドがどちらかといえばフォークロック色の濃い、骨太な曲調がメインだったせいで、おのずと杉本もそういった曲を作ることが多かった。

だが一度として採用されたことはなく、それらを持ちこむたびに遊佐の呟く台詞も、判を押したように同じだった。

（オマエのは、なんか違う）

その言葉を、結局自分は作り出す側の人間にはなれないというふうにしか、いままで杉本は受け取ることが出来ないでいたのだが。

「違ったんだな」

酔いに任せた勢いと、子供のような気の急いた興奮に巻かれて作り上げたメロディは、やわらかで甘目の、バラードだった。

センチメンタルな色合の、だが決して重すぎないそれは、確かに「ステイトメント」の曲調とは明らかに異質なものだ。

これがもし、杉本のもともと持っているものであるとすれば、遊佐の愛想も言い訳もない、わからせようという意志も見えない冷たい声の意味が、腑に落ちるというものだ。

そして、たぶんその憶測《おくそく》は間違っていないことを、杉本はすでに心の片隅《かたすみ》で認めてしまっていた。

「いまさらだったけどな」

小さく呟けば、きしきしと胸が痛む。

ずっとひっかかっていた、小さな、コンプレックスという名の小骨を飲み下し、その代わりに得たものは、もうなにもかも遅いという凄まじい喪失感《そうしつ》だ。

遊佐とは違うんだ、という疎外感《そがい》は、彼の冷たいほどに他者に無関心な性格とあいまって、どうにもならない亀裂を生みだしてしまった。

なにもかもを受け入れるような暖かな曲を、なにをも許さない厳しさで紡《つむ》ぎだす、遊佐。

気難しさや、人間性の欠如だけで、彼を嫌いになれれば良かったのに、それを補って余りある高潔な才能が、踏み切ることさえも出来なくしてしまった。

圧倒的な感性の前に、追い付けない自分の歯痒《はがゆ》さを、幾度噛み締めただろう。

もっと早く気がついていれば、壊れるものは少なかったのだろうか。

自身への不甲斐《ふがい》なさを噛み締めながら、片付ける気力も起こらずにぼんやりと散らかった部屋の真ん中に座りこみ、無為にすぎてゆく時間を手のひらからこぼす。

思い出したように、また頭が痛みだして、のろのろと杉本は立ち上がった。

なにをどうすればいいのか、もう自分に出来ることはないのか——。

理由のない焦りのあとにやってくる虚無感すらも、ただ苦痛なばかりで、閉めきった薄暗い部屋は、やるせなさで埋まり、杉本の喉をじわじわと締め上げていた。

「!?」

惚けたように虚《うつ》ろな瞳を開いていた杉本は、不意に鳴った電話のベルにびくりと肩をすくませる。

「は、はい、もしもし」

『杉本さん、ですか』

慌ててとったコードレスの受話口から、流れてくるのはあの甘いような低音だ。

ノイズの多いテープから、繰り返し聴きこんだ、あの。

「あ――……ええ、と?」

にわかには信じがたく、彼の声ばかり聴きすぎて耳がいかれたのだろうかなどと、一瞬そんな馬鹿な考えがよぎる。

『あの、俺、汐野だけど……時間、いま、いいですか』

だが電話の相手は確かに、本人だった。

「あ……ああ」

鼓膜に注ぎこまれる短い言葉でさえ、ひどく胸を騒がせる。落ち着きのなくなっている自分に気付いて、ふと頰が熱くなった。

鈍い頭痛が、ふっと遠退《とおの》いていく。

寂寞《せきばく》とした虚しさのなかに沈みはじめていた、杉本の意識を引き戻したのは、汐野の、少し不貞腐《ふてくさ》れたような声だった。

電話越しのくぐもった声でさえ、汐野のそれはのびやかできれいだった。その向こうから、中嶋のものらしい「早く謝れよっ」という急《せ》かすような声が洩《も》れ聞こえてくるのがなぜかひどく可笑《おか》しくて、小さく忍び笑いを洩らす。

『……アンタナニ笑ってんだよっ』

かっとなったような声で叫ばれ、杉本は口元を押さえた。

「ああ、……すまん」

そして言った端から、鈍い衝撃音がして、「いてぇっ」という汐野の、どこか子供っぽいぼやきと、「ばかかてめぇは！」との高野の怒鳴り声が聞こえてくる。

杉本の存在は忘れ去られたように、受話器の向こうでは、いささか幼すぎるような小突きあいと気を許しているからこその口さがないやり取りがしばらく続いていた。

杉本は呆れ、そしてなんだかひどく愉快になった。

ついさっきまで、地の底までも自分は落ちこんでいたというのに、なんとまあ。

元気な奴らだろうか。

そして、どうしてこんなに楽しそうなんだろう。

「もしもし？」

呼びかけている杉本の声も聞こえないらしい、騒がしい三人の男どもに、甲高《かんだか》い一喝《いっかつ》がかかった。

『――なーにやってんのよっ！　杉本さん、待ってるでしょうが！』

「ふ」

美弥のものらしいその迫力ある声に、杉本は目を丸くし、ついで耐え切れずに吹き出した。

彼女が加わったおかげで、さらに言い争いはエスカレートしたようだった。咎《とが》める気にもならず喉奥で笑いながら、コードレスを肩にはさんだまま、床に散らばった譜面を拾い上げる。

手早く部屋を片付け、鬱々としていた杉本のことを笑い飛ばすようなエネルギーのある集団に、どうやらやはり、自分は惹《ひ》かれているのだと思った。

『ちくしょ、うっせえんだよ久野！ ——ちょっと、なあ！ アンタ、杉本っ！ 聞いてんのか！』

「ああ」

笑いを含んだままの声で答えると、きれいな声が口汚くわめきたてる。

『蹴ったのは悪かったけど、あれはアンタも悪いだろっ⁉……うるせぇって！ ……いやアンタじゃなくてっ』

「ああ……なあ、汐野」

顔をあわせたことはまだ一度きりの、年下の青年たちのことが、いとしいような気分になって面食らう。

けれどなんだか、ひどく、気分が良かった。

「テープ聴いた。おもしろかった」

窓をあけると、思うよりもきれいに晴れた空があった。

淀《よど》んでいた部屋の空気は、さらっとした風に洗われていく。

新緑の匂いが鼻腔をくすぐって、ふっと杉本の肩の力が抜けた。

そうだ、そういえば春だった。

自分は二十歳になって少しで、まだきっと時間はあるのかもしれない。

『……おもしろかったって……それ』

戸惑《とまど》ったような汐野の声は、やはり少し幼い。背後で中嶋たちが、なりゆきを見守る気配がする。

思うよりもさらりと、言葉はこぼれた。

「アレンジを幾つか考えた。聴いてもらえればと、思うが」

『――マジ!? アレンジって……と、わっ！』

ガタガタ、という物音がして、上擦《うわず》ったような中嶋の声が飛びこんでくる。

『杉本さん、本当ですかっ！』

「うん。あとはだから、そっちが俺でいいかどうかだから……あー……聞いてるか？」

けたたましい歓声が聞こえ、思わず杉本は受話器を耳から遠ざける。やかましい、と顰めたつもりの表情は、どこか笑いを含んだままだ。

まさかここまでは弾けられないけれど、まあ、こんなふうでもいいのかもしれない。

諦めてしまうには、後悔をするにはまだ、たぶん自分は若すぎる。

無理に誰かと足並みをそろえなくても。

きっと。

＊　＊　＊

杉本の加入は、あっさりと決まった。

もらったカセットの中にあった曲の幾つかを弾いてみせただけで、中嶋などはほとんど瞳を潤《うる》ませながらぜひ入ってくれと掻《か》き口説《くど》いてきた。高野も否やはなかった。

汐野は、安定感のある杉本のベースには感嘆したようだった。少女めいた長い睫毛《まつげ》を幾度かまたたかせ、きれいな二重の瞳が丸く見開かれる。

まあまあじゃん、と呟く声が拗ねた子供のようで可笑しかった。

初めに見た、斜に構えたような硬質で冷たい彼の印象は、いまでは猫の威嚇行動のようなものとして杉本のなかに位置付けられている。

他人には大人びて冷めたように見せかけながら、気を許した相手にはいささか子供っぽいほどに感情をあらわにする汐野のことが、むしろ微笑ましいような気さえしていた。

そしてもう、スタジオ練習も五回目になる。とくに問題もなく、少しずつだがたしかに、杉本は彼らの空気に馴染みはじめている。

「あ、そこは『ジャカジャーン』の『だーっ!』っていうカンジでよろしく」

スリムジーンズに包まれた細い腰を捩《よじ》って、高野を振り仰いだ汐野は新曲のフレーズをそんなふうに表現した。

「おっけー」

(よろしくって……)

汐野と高野のやりとりに、杉本はもう苦笑するしかない。

めずらしいことでもないが、INVISIBLE RISKのメンバーは、ひとりとしてまともに譜面が読めなかった。

ことに汐野は左利きで、世に出回っているギター用の教本のほとんどは右利き用になっているため、参考にするにも難しい。

(指の運び方が反対になってしまうのだ。某バンドのギタリストで、元来右利きだが、「左の方が弾きやすい」とわざわざ左利き用のそれを使い、あまつさえ、譜面を「頭の中で反対に読めば出来た」という強者《つわもの》が居たが、これはかなり特殊な例だろう)

無理をすれば読めないことはなかったが、それを解読するよりも自分の音感を信じて実際弾いてみるほうが早かったのだと言った。

中嶋や高野は、記号を面倒がって覚えなかった口で、ほんとうにまるで読めないらしい。ギターにしろなんにしろ、いわゆる「耳コピー」で、自己流でやってきた後輩たちは、だから基本的なことがすっぽ抜けていたりもしたが、その分形にこだわらず、柔軟で、杉本には新鮮な驚きの連続だった。

そんな具合に口頭で、コードやアレンジを決めたりと、メチャクチャで子供っぽいやりとりでも、一時間も練習をすればなんとかさまになっているから不思議だ。

「おい、時間ないぞ」

「あ、すんませーん」

昨日見たテレビで盛り上がっている一団に声をかけると、中嶋は、ばつが悪そうにたははと笑ってみせる。

仲の良さのあまり、ともすれば雑談に流れそうな雰囲気も、すっかり杉本がたしなめることが義務付けられている。

すっと真面目な顔に戻り、新しく杉本がアレンジした曲のフレーズが、狭いスタジオに流れはじめた。

苛立ったふうでもない、冷静な声で静かに注意すれば素直に聞くたちの三人は、言うほどには手間もかからない。

けれど、きっと少し前の杉本なら、練習中に雑談などと、と顔を顰めていたかもしれないなと、ふと思った。

いろんな意味で、影響を受けているのはむしろ杉本の方かもしれない。

そして自分のそういう変化は、決して嫌いなものではなかった。


今日の分、と割勘にしたスタジオ代を中嶋に差し出すと、どうも、と彼は笑った。

「圭亮、おまえ先週の分まだだろ？」

「げ」

払いの悪い高野にそう突っこんだ中嶋の視線から、あわてて彼は目をそらした。

「たまったら余計しんどくなるだろ？　ほら！」

「勘弁しろよぉ……今月はきついんだよぅ」

両手で拝んでみせる彼へ、気弱な外見に似合わないしつこさで食い下がる中嶋に、杉本は片頬で笑った。

「あ」

「ん？」

傍らにいた汐野が、意外そうな声をあげるのに目を向けると、まじまじときれいな瞳が覗きこんでいる。

「なんだよ」

夜半でも光を含んで、いつも潤んでいるような漆黒の瞳に真正面から対峙《たいじ》されると、なぜか居心地が悪いような気分になり、杉本は顎《あご》を引いた。

「いや……アンタ、笑うんじゃん、ちゃんと」

あんまりな台詞に、杉本は眉を顰める。すると、ほっそりした指が「ほら」と眉間《みけん》を指差した。

「いつもそんな顔してっと、年食ってから皺《しわ》ふえるぜ」

「余計なお世話だ」

人がせっかく言ってんのに、とからかうように笑う表情はやはりきれいだった。同性相手に「きれい」とは妙なことだが、他にどうにも表現のしようがない。

駅までの道程《みちのり》を四人で歩きながら、支払いを迫る中嶋から逃れる高野の足取りは、杉本たちよりもいくらか速くなり、自然、汐野と並んで歩くような形になった。

見るともなしに眺めた横顔は、その彫りの深い顔立ちの、線の細さと睫毛の長さを知らしめる。

ひとつ向こうの通りからの光に、すっきりした輪郭《りんかく》が映し出されるのがやけに眩《まぶ》しいようで、ぼんやりと見惚《みと》れている自分に気付いて、杉本は内心冷汗をかく。

（なんだ……？）

こんな自分はおかしいと思いながら、彼の整った怜悧《れいり》な顔立ちから、目が離せなかった。

「おーい、なあ、汐野ぉ」

どうにか高野からスタジオ代をもぎ取り、バイトにいく彼とは次の路地で別れる。

中嶋が振り返り、こちらへと近付いてきて、杉本はどこかほっとしたような気持ちになった。

「携帯、解約したんだろー？　まだ房見《ふさみ》さんのとこに居るのか？」

「あー、いや」

杉本にはその問いかけの意味はわからなかったが、汐野はなぜか、傍らの杉本をちらりとうかがうような表情になった。聞かれたくない話なのだろう、と視線をそらして少し先をいく。

「あいつとはもう別れたから」

背後から聞くともなしに聞こえる、少しひそめた声の感じで、ああ女の話か、と思った杉本は意識的に耳を遠くしようと努めた。

だが、中嶋の「なに!?」という大きな声で、いやでも意識はそちらに向いてしまう。

「おまえ、今日からどうするんだよ！　寝るとこ、あんのか？」

「声がでけえよ」

杉本が居るだろう、という気まずそうな汐野の声で、余計にそちらに耳を傾けてしまう。そして中嶋の言葉から、なんだかそれが単なる恋愛話ではすまなさそうなこともわかってしまった。

(寝るとこって……?)

訝しむ杉本の背後で、中嶋が大きくため息をついた。

「もー……だからもっとちゃんとした生活しろって言ってんのに」

まるで母親のような中嶋の言葉に、杉本は表情には出ないものの、おかしさがこみあげた。

「しょーがねえだろ。その辺で寝るよ」

「バカ言うなよ! まだ寒いってのに、身体壊すだろ」

(こいつ、ひょっとして……)

どうも会話の流れがおかしいことを自分の中で繋ぎあわせる。

もしかすると汐野は、女のところを追い出され、戻るところがないのだろうか。そう思うとなんだか不愉快な、嫌な気分になった。

ちらりと一瞬だけ眺めた汐野は、ぴったりしたスリムジーンズに革ジャンを羽織っている。ごついデザインの上着のせいで、ウエストの細さが強調された。

バンドをやっている連中などというのは得てしてみんな細身であるし、杉本も人のことが言えるわけではないが、彼のその少年のような腰の細さがどうにも、そういう艶《なまめ》かしい想像と結びつかなかった。

そのくせに、妙に色っぽいような伏し目がちの瞳の表情に、一瞬ドキリとする。

(まあ、こんだけきれいなら選び放題だろうが……)

あんな細さで女を抱けるのか。

「しょーがねえじゃん。本当に、家がねえもんは」

妙にあっけらかんとした声には、そんな生臭さは感じられない。

やはり似合わない、と思いつつ、あからさまな興味を押さえきれない自分が、ひどく下世話な人間になったような気がして鼻白む。

「だから、ウチに来いって言ってるのに」

「そんなわけ、いくかよ。すねっかじりのくせして。おばさんたちに迷惑だろうが」

「いいって言ってるよ？　母さんは」

食い下がる中嶋に、汐野が困ったように笑う気配がした。

「おまえんちの親が人がいいのは知ってるさ。けど、そういうことじゃないだろ」

なんだかひどく苦いものの含まれた汐野の台詞に、思わず振り返ってしまう。

見付けた彼はやはり笑った形の唇をしていたけれど、伏せられた瞳がやけに痛々しかった。

「ろくな生活してねえからさ。それも五年もだぜ？　いまさら誰かと一緒に、……それも、おまえンちみたいな真っ当なとこじゃ、しんどいじゃんか、お互い」

「そんな」

苦い台詞に、杉本は気付かれないように目線をそらし、前を向く。

五年、という言葉がどうも引っかかった。彼はたしか中嶋と同い年で、まだ二十歳になるかならないかくらいの年だったと思う。

逆算すると、十四か十五の頃から、汐野の言葉を借りるなら「あまり真っ当でない」生活を送ってきたというのだろうか。

言葉の重さから、なにか複雑な事情があるらしいことが読み取れる。女のところに居候する、だらしなくすれたような生活を送っているような割には、そういう不潔感が汐野には見えない。思いこみであるのかもしれなかった。だが、何故そういうふうに、彼に肩入れするような気分になるのかわからず、自分でも不思議になる。

遊佐ほど冷淡ではないにせよ、杉本も案外他人に興味が薄いほうである。相手の事情や性質を詮索《せんさく》するのも嫌なら、されるのも嫌いなほうだ。

出会いの印象があまりに強かったせいで、気になっているのかもしれない。

そんなふうに無理矢理この感情を位置付けて、歩みを進めるうちに、駅前の通りに出る。

路線の違う中嶋とは、駅のロータリーで別れることになる。そしてふと、汐野はどうするのだろうと思った。

帰る家のない彼は、このあとどこへ行くのだろう。

また新しい女でも引っかけるのか。だがそうそう都合のいい相手も見つからないだろうから、本当に野宿でもするつもりなのか。

「うわ、さみー」

春になったとはいえ、夜半はまだ冷えこむ。ビル風に煽《あお》られて、ひどく頼りなく肩を震わせる汐野の姿が視界の端に映った。

そんな彼を、中嶋も心配そうに見つめている。

「しばらくでいいから、……今日だけでも、泊まりにこいよ」

「や、ですー」

言い募《つの》る中嶋の言葉に瞳を歪め、ふざけたように嗤《わら》う口元のくわえ煙草は、だがわずかに震えていた。

あんなに骨の細い身体で、野宿でもしたら一発で風邪をひくだろうに。

そう思って、小さくため息を洩らした。

「汐野ぉ」

中嶋の心配はもっともだったが、そのいたわりを向けられれば向けられるほど頑《かたく》なになる汐野は、むしろ痛々しいほどだった。

ふと、中嶋のその素直な瞳に、好き放題している自分を許す、兄の瞳を思い出して、わずかに苦いものがこみあげた。

その感情が手放しで、見返りもなく優しいからこそ、辛くなる。そういう気持ちは、杉本にはわかる。

少し逡巡《しゅんじゅん》して、杉本は口を開く。

「汐野。おまえこのあと暇か？」

いままでの会話など、なにも聞いていなかったと表すような表情のなさで声をかけた杉本に、汐野はどこかほっとしたように「なんもねえよ」と答えた。

「ちょっと、曲のことで相談があるんだが」

つらつらと口をついて出たこれは、あながちでまかせでもなく、彼に相談しようと思っていたことだ。

フレーズを転調させたほうがいいとは思うのだが、どうにもいじりようが難しく、原曲をかなり無視する感じになることを、作曲者の汐野には了承を取りたかった。

だが、本来はとくに今夜中に言わねばならないことでもなかった。

「ん、いいぜ、べつに」

「説明するにも口じゃしづらいから、……これからウチにくるか？」

思い付きのように言った言葉に、ためらいなくうなずいた汐野の横で、中嶋が杉本をじっと見ていた。

どこか縋るようなものをその視線に感じ、汐野にはわからないように目線で答える。

「あと、この間作った曲とかのテープもウチにあるから」

「ああ、じゃ、ついでに聴かせてくれよ」

軽い歩みで杉本の傍らにやってきた彼は、頭半分ほど目線が低かった。

とりあえず友人の野宿を回避できた中嶋は、少しほっとしたような表情でいた。

そのまま彼と別れ、こっちだと指で示した杉本のあとを汐野は黙ってついてきた。

「聞いてたんだろ」

「なにを」

「とぼけんなよ、さっきだよ」

責める口調でもなく、汐野がそう切り出したのは、京王線《けいおう》に乗り換え、電車のドアがしまった頃だった。

「まあ、半分くらい聞こえた。でも、別にそれとこれとは関係ないから」

これは嘘だったが、そうでも言わなければ細い身体はいまにもその背を翻《ひるがえ》しそうで、視線を窓の外に向けたまま、感情の見えない声で杉本は言った。

ひとしきり、今夜打ち合わせる予定の概要を話しこみ、ターミナル駅を過ぎると、とたんにまばらになった車内の椅子に、二人並んでかける。

「アンタ、へんな人だね」

ぼんやりした声に、別に腹立たしい気もせず、そうかなと返す。

「普通、あんだけ聞こえりゃいろいろ突っこむんじゃないの」

「まあ、どうも俺は普通とは違うらしいから」

「なにそれ」

「よく言われるから、自覚することにしてるんだ。俺の普通、と他人の普通はどうも違うらしいから。認識してりゃ、どうということもないだろ」

本当は、なるべくそう考えるようにしているだけのことだが、うそぶくように呟いた。

「やっぱ、へんな人だね」

「まあな」

隣に座る彼がじっと自分の横顔を眺めているのを意識して、あえて気付かないようなふりをした。

探るようだった視線がふっとやわらかになり、喉で笑う、小さな声がした。

「でも俺、そういう考え方嫌いじゃないよ」

ひっそりした声が、ほとんど人のいない車内に響く。

やけに甘い空気がくすぐったくて、無意識のままに首筋に手をやった。肘《ひじ》が触れ、悪い、と謝ると、見慣れない表情でふんわりと笑った。

「次、降りるから」

不意に息苦しさを覚えてそらした視線を、不自然に思われなかっただろうか。

奇妙な後ろめたさを感じて、杉本は席を立った。

＊　＊　＊

杉本の住むアパートは古く、外見はいまにも崩れそうになった壁に染みの浮き出したような、いまどきあまり見ないほどレトロな雰囲気の建物だった。

「内装はましだ、見かけより丈夫だし」

床が踏み抜けるんじゃないのか、とげんなりした顔をした汐野に、むっとした声で言い返す。

「ああ、でも、かさのついたランプとかないんだなあ。残念」

「あるわけないだろ」

和室だが、いちおう当世ふうの作りになっている部屋に、古いと文句を言うくせに、むしろがっかりしたような表情をする汐野がおかしかった。

見かけのおかげで、いまどきの学生などには見向きもされない物件だが、意外に日当たりも良く駅からも近い。

なんといっても、都内近郊で月三万弱の家賃で、風呂もトイレも個室についており、小さめだが台所もあるのは奇跡に近い。

「あ、けっこうきれい」

へえ、と感心した声をあげた汐野に、当然だ、と杉本は言う。

「ミツさんが丹精《たんせい》してる場所なんだから」

「だれって？」

「うちの大家さん」

大家さんは明治生まれのちゃきちゃきした老嬢で、杉本は結構可愛がられている。もとモガの本当の年令は知らないが、どう少なく見積もっても八十は超えているのに、矍鑠《かくしゃく》と元気なおばあちゃんだ。

彼女の息子は近所で不動産事務所を経営しており、良心的で、親切なそこは経営も軌道にのっている。とくにこんなアパートを経営する必然性はないらしいが、「必要な人が居るうちは」とボケ予防もかねて、おばあちゃんが管理を行なっているのだ。

たまに、手製の草餅《くさもち》などを持ってきてくれる彼女、畠山三津美《はたけやまみつみ》さんのことを、杉本は敬愛をこめて「ミツさん」と呼んでいる。

「ふーん、いいとこじゃない。そのおばあちゃんは?」

「おばあちゃんなんて、ミツさんに会ったら言うなよ。ぶっとばされるぞ。もう寝てるから、静かに話せよ」

手入れのいいせいで、黄ばんではいるがつやのある畳に腰かけると、くるりと汐野は室内を見回した。

四畳と六畳の部屋が隣接しているが、本棚と楽器類のおかげでぎりぎり男二人が寝られるスペースしか残っていない。

ぺたりと座りこんだ汐野は、華奢《きゃしゃ》なせいか立っているときよりもよほど、小柄で幼く見えた。

まずテープを聴かせ、杉本の考えを述べる。それについての感想と、いくつかの案を汐野も提示して、割合スムーズにアレンジに関しては進んでいった。

汐野は頭がいい。聞いたことはないから学歴などは知らないが、自分の大学にいるような、のんびりした学生とは根本的に違う、物事に対する実際的な判断の良さと、回転の速さがあった。

ぽんぽんと簡潔に述べられる言葉は潔くて無駄がない。

こうしたい、と思ったことは率直に言うが、ごり押しはせず引くところは引いた。

他人との関わり方についてはいまひとつひねた発言もあるが、根本は素直で、思考がポジティヴな人間だということが、短い付き合いのうちに杉本にもわかってきた。

一息入れよう、と酒とつまみを引っ張り出すと、嬉しそうににやりとする。

「え、これ、香露《こうろ》の大吟醸《だいぎんじょう》じゃん！」

端麗な味の、熊本《くまもと》の酒造研究家が造り、日本一の栄誉をも持っているそれは、一升瓶《いっしょうびん》の普及品は安価で入手しやすいが、大吟醸となるとなまなかに手に入れることのできない逸品《いっぴん》だ。

知っているのか、と妙に嬉しそうな表情になった杉本に、呑んだことはないけどと汐野は興味津々《しんしん》の表情で言った。

「いま、飲み屋とバーでバイトしてっからさ。熊本っていうと、美少年のほうがぱっと出てくるけど」

その名称が汐野の口から出るのが妙におかしかったが、案の定彼は嫌なことを思い出したような表情をした。おそらく、客にからかわれたことでもあるのだろう。

「まあ、九州の地酒だと、それがポピュラーだけどな。俺はこれが好きで、……高いんだけど」

「あ、それは知ってる。四合で一万とかするんだろ。でも、よく手に入ったね、厳しいんじゃないの？　かなり」

よほど酒好きなのか、と尋ねられ、それもあるがと苦笑した。

「実家が酒屋でな。いまは、兄があとを継いでる」

「ふうん」

隠しようもなく声に差したわずかな影に、彼が気付かないわけもなかったが、一瞬目元の表情を変えたのみで、なにも言わない汐野は、小さく舌を出し、ペロリとコップの中の液体を舐《な》めた。

「うまい」

ごくごく素直な感想に、杉本は静かに破顔する。

それはそうだろう。これは自分のとっておきなのだ。

そう言いかけて、だがふと、そういえばこの酒だけは、いままで誰にもふるまったことがなかったことに気付いた。

（……思ってるよりも、こいつのことが気に入ってるのかもしれないな）

アルコールのせいか、いつもよりも格段に素直に、そう杉本は思う。

ふわりと酒に目元を染めた汐野は、無意識に見惚れるほどにきれいだった。伏し目にした表情は、普段の気の強さを微塵《みじん》も窺《うかが》わせないほどに儚《はかな》げに見えて、杉本の酔いを早くする。

「おまえ、明日はどうする」

妙な気分になりそうで、ひどく焦った。少し喉に絡《から》まった声で、どうでもいいことを尋ねてみる。

アルコールのまわった少しぼんやりした声で、別にバイト以外予定はない、と汐野は答えた。

「ああ……アンタ大学だっけ？　朝出るとき、一緒に出ちまうから」

「バイトまではどうするんだ？」

踏《ふ》み込んだ質問に、汐野はふと杉本を見る。

真っすぐな睫毛に縁取られたきれいな二重の瞳は、いやに胸を騒がせた。

「もう遅いし、眠ければここで寝ていってもかまわない」

「んー」

ふと、嫌な笑い方を、汐野はその頬に浮かばせた。

「さっきのこと気にしてるんなら、いいよ」

てっきり、大きなお世話だ、と言われるかと思えば、小さな声でぽつりと、そんなことを呟いた。

「俺がだらしねえのは自分のせいだし……まあ、遺伝かなあ」

ふう、と酒に染まった吐息がなんだか艶《なまめ》かしい。

「変だと思っただろ。まだこの年で、なのに五年もふらふらしてるってのは」

「ああ」

読まれてしまっていては誤魔化《ごまか》すのも変な気がして、杉本は素直に認めた。

んー、と汐野は考えこみ、小さく笑った。昏《くら》い笑いだった。そしてなぜか、杉本は切なくなる。

「あのね、俺ね、親いないの」

「え……？」

酔っている人間特有の間延びした、子供じみた言葉はいとけなく、だがその言葉はあまりにも重かった。

「おふくろは死んじゃって、親父は、俺が中学生のときに、女とどっか行っちまった。はは、冗談みたいな本当の話」

相づちも打たず、杉本はじっと汐野を見つめていた。

「で、なんか学校も行きづらくって。そのまんま行かなくなって。あ、でも俺、最終学歴小学校ってのは、さすがにみっともないからさ、いちおう自分で勉強して、大検は取ったんだぜ？」

からりと笑ってみせる笑顔が痛々しくて、杉本は視線を外すことができなかった。

「でもさ、そのおべんきょーしてるときってどうしても、働けないじゃん。で、食わしてくれるって言ったのね」

あやうい声の言葉は、もう主語が抜けはじめている。

こんな前後不覚に近い人間から、大事な話を聞き出してもいいものだろうかと、杉本は迷った。

だが止めることはできず、そのまま黙って耳を傾ける。

聞きたかった。知りたいと思った。

もっと、汐野の声を聞いていたかった。

「それからはもう、駄目だね、いっぺん楽しちゃうと……やっぱ、親父の息子だなあ、俺」

自嘲《じちょう》気味の声に、手に持ったコップをそっと取り上げる。代わりに、冷えた烏龍茶《ウーロンちゃ》の入ったグラスを握らせた。汐野はうつむき、子供のようにその冷たいグラスを両手で握り締める。

「ごめん」

「なにが」

「変な話、した。なんだろーな、なんか」

小さな舌打ちが聞こえ、親指の爪を噛んだ仕草は、ますます子供っぽかった。

「やだな、なんか……アンタ、聞き上手で、余計なことばっか」

膝《ひざ》を抱えこみ、腕のなかに顔を伏せる。苛立ったような声だが、落ちこんでいるらしい。杉本は無意識のまま、その小さな頭をぽんと軽く叩いた。

「いいだろ、まあ。これから一緒にやってくんだし。多少は相手のことも知っといても。おまえが嫌なら、聞かなかったことにするし」

「頼むから、忘れてくれ」

わかったと答えると、ようやく顔をあげる。拗ねたような瞳が、泣いたあとのように赤く潤んでいて、酒のせいだとはわかっていても、心臓に悪い。

そして、彼のそんな視線や表情に、ひどく振り回される自分が不思議で、だが不愉快ではなかった。

放っておけないと、強く思った。

「おまえ、しばらくウチに居たらどうだ」

「え?」

考えるよりも早く、そんな言葉を口走っていた。汐野は一瞬きょとんとしたあと、不機嫌に吐き捨てる。

「同情ならいらねえよ」

「そりゃそうだが、具体的にはこのあとどうするのか、考えてるのか」

少し厳しい口調で言えば、言葉につまったように息を呑み、睨みあげてくる。

「ボーカルってのは、体調にはいちばん気をつけなきゃならんだろうが。野宿なんかして風邪でも引いてみろ、その声がつぶれるなんて冗談じゃないぞ」

もっともらしいことを言いながら、自分でもなぜここまで真面目に、汐野をここに留めておきたいのかわからなかった。

別に世話焼きな体質でもない。どちらかといえば他人の事情など、面倒臭いほうなのに。

放っておけない。目が離せない。

それはもう、わかっている。不安定で強がりな、きれいな声と瞳をした年下の男に、奇妙に惹かれはじめている。

その感情の正体はまだ、わからない。少し、わかるのが恐い気もして、辻褄《つじつま》のあわなさはすべて、酒に泥をかぶってもらおう。

そして杉本は、ほとんど強引なまでに、汐野をここに住まわせる算段をたてた。

「アンタだって、親に食わしてもらってんだろ。人の面倒なんかみれんのかよ」

杉本の正論ぶった説得に、ぶすっとした声で反論する。

その言葉に、杉本は淡々とした声を返した。

「別に親にはもう面倒見てもらってない」

「え?」

「高校卒業のときに家を出て、バンドやるために大学受けたのがばれてから、ほとんど勘当された。授業料は先に払わせちまったから、俺もたいがい親不孝だけど」

驚いたように自分を見る汐野に、だから俺もあんまり金はないぞと釘をさす。

「食費だけ出せば、あとは好きにしろ。それでちゃんと金を貯めるなりして、家捜しするんだな」

真っ当でないと自分を貶《おとし》める発言をするくらいなら、努力をしろ。そうきっぱりと言うと、汐野は奇妙な表情をした。

「アンタ、学校の先生にでもなれば良かったんじゃないの」

表情の読めない声で、ぼんやりと汐野は言った。

「なんで俺が、わけのわからんガキの世話をせにゃならんのだ。おまえだけだ、こんなの」

むっとして、つい洩らした言葉に、汐野が目を見開いた。

「アンタ、ホモ?」

怒るより先に、握った拳で容赦《ようしゃ》なく小作りできれいな形の頭に拳骨《げんこつ》を落としていた。

「いって……！　なんだよ！　急に殴るなよ！」

「殴られるようなことを言ったのはおまえだろうっ！」

思わず声を大きくしたあと、二人して慌てて声をひそめた。

「ミツさんが起きるだろうが……！」

「なんだよ、不愉快なら言えばわかるって言ったのアンタなのに……！」

はじめて逢ったときの言葉を蒸し返され、杉本は居直った。

「それはそれだ」

「ずりぃ！」

「うるさい！　もう寝るぞ！」

一喝して、さっさと布団を引っ張り出す。客用布団にいちおうかびは生えておらず、狭い部屋にきちきちに並べられた布団に、汐野も杉本も嫌な顔をした。

「ほんとにホモじゃねえんだろうな」

「くどいな。なんか嫌な思い出でもあるのか、ホモに」

答えないところを見ると、図星だったらしい。まあこのご面相で、盛り場でバイトなどしていれば、当然といえば当然かもしれない。

酔って赤みのさした顔は、ひどくどぎまぎさせるような色っぽさがある。もともとノーマルな自分でさえ目眩《めまい》がしそうな気分になるのだ、嗜好がそっちの人なら、いろいろたまらないだろう。

そして、そんなことを納得する自分は、なんだかまずかった。

「だったらあっちで寝ろ。布団貸すから」

ふう、とため息をつくと、「いいよ」と笑いを含んだ声が言った。

「アンタ彼女居るみたいだから、大丈夫でしょ」

確信めいた言葉に、なんでだと問い返せば、細い指が小さなピアスを摘《つま》んでいた。華奢なデザインは、どう見ても女物だ。

「布団出すとき、奥からおっこちてきた。返しとけば？」

前の彼女が以前、そう言えばなくしたと騒いでいたが、こんなところにあったとはわからなかった。

「まあ、今度逢ったときにでも返すさ」

もう逢う予定などなかったけれど、言い訳の面倒さに疲れてそう答える。これで汐野が警戒しないのなら、別にどうということもなかった。

そして、そんなことを考える自分は、やっぱりどこかまずい気がする。

電気を消し、隣り合わせに布団に潜りこむと、しばらくの沈黙のあと、汐野が声をかけてきた。

「あのさあ、本当に？」

「ああ」

主語のない問いかけに、なにを、とは問わずに簡潔にそれだけ答えると、しばらく考えこむような間があった。

「明日からでも、いいかな」

ぽつり、と言った言葉に、かまわないと答えると、ためらうような声がよろしくと呟いた。

「ああ」

その言葉にほっとしている自分が、よくわからない。

隣の布団からは、じきに小さな寝息が聞こえてきた。

なんとなく寝付けないまま首をめぐらせると、暗闇に慣れた視界に、くるりと猫のように丸くなったままの、子供っぽい寝顔があった。

距離の近さに落ち着かなくなって、反対側に寝返りを打つ。

——なんだか、まずい。

妙に速い自分の鼓動が、焦るような気持ちを喚起《かんき》する。

面倒ごとが、もしかすると自分の考えていたレベルでは追い付かないだろうことに、杉本はようやく思い至った。

背中ごしに聞こえる寝息が、耳から離れない。

意識する背中に、彼の体温さえ感じるようで、ますます目は冴えて、眠れなくなってきた。

酒のせいだ。どれもこれも。

らしくもなく人の世話を焼きたい気分になるのも、ひとつ年下の男のことが妙にきれいに見えるのも。

いや、きれいなのは客観的な事実だからいいのかもしれない。

問題は、それがどうにも――色っぽく感じてしまう、自分自身だった。

(……アンタ、ホモ?)

「絶対違う」

ぼそりと呟いて、強引に目を閉じる。

脳裏に響いた、蔑《さげす》むような声が、わけもなく痛い。

なぜなのかは、これはもう考えることができなかった。

それは、杉本の許容範囲を超えている。

まずいまずいと、繰り返し胸の内でつぶやきながら、気持ちの端っこに引っかかるのは汐野の切ない瞳だった。

そして、さらにまずくなるのはこれからであることは、この夜をやり過ごすことで手いっぱいの杉本には、まだわかっていないのだ。

CHAPTER. 2
TASTE THE PAIN

　ねっとりとした都会の夏の夜気が、薄い壁ごしに室内に忍び寄る。

濃密な熱気と、どことなく重苦しいような淀んだ空気は東京都下においても逃れられるものではない。

　とある私鉄沿線の、某駅周辺は、住宅の密集する率が都心よりかなり低いため、エアコンの排気口からの熱風による、二次的な加熱からは逃れられているといえた。

　自治会による緑化運動が盛んであるこの街は、いたるところにさまざまな樹木を見かけることができる。人為的に整備され、道なりの直線上にアスファルトからそびえるそれらは、許されるかぎりに伸ばした枝を風に震わせ、ヒトに汚された夜気を浄化するための、清《さや》かな呼吸を繰り返している。

　その優しい緑に囲まれた、しんと静まり返った住宅街のなかに、うっそりと建っているアパートがあった。

名称は、コーポ春楡《ハルニレ》という。近隣の住人であれば誰もが知っているそのアパートは、いまにも崩れそうな外観と、奇妙なことに管理人はじめ、住人のほとんどが70代以上のお年寄りばかりということから、この界隈《かいわい》ではすっかり名物となっている。

その名物アパートに、たった一部屋、大きく平均年令を下げている箇所があった。

その二階の角部屋には、淡い色の長髪の、ひどく背の高い青年と、これはいまどき珍しいくらいに瞳も髪も真っ黒の、やたらにきれいな顔をした華奢な青年が住んでいる。

この目立つふたりがしかし、いったいなにをしている人物なのかということまでは、さすがに目ざとい近所の奥様方にも、案外知られてはいなかった。

二階の、開け放たれた窓の内側から、ほっそりと白い手が這《は》い上がるようにしてうごめいた。

その繊細な手首に似合いの、端麗な青年の顔が、続いてその窓に姿を現す。

もの憂《う》げな顔をした彼は、聡明《そうめい》な額に汗をにじませ、そこにまつわるさらりと細い黒髪を指先で払う。そして、ショートパンツから伸びたしなやかな脚を窓枠にかけ、地を這うような声で呻《うめ》いた。

「くっそ暑っちい……っ！」

いまどきこんなアパートがあるのか、と誰しもが思うであろう、外壁に絡まる蔦《つた》も、さびの浮き出た外階段も、夜中に眺める分にはいくらか涼しい思いをすることができるが、なかに住まう人間にとってはそんなことは関係ないらしい。

「うるさいぞ、汐野」

青年の背後から、表情の読み取りづらい平坦な声がする。その声に振り返った、汐野と呼ばれた青年はますます尖《とが》った声を出した。

「アンタ平気なのかよこれで！　冗談じゃねえっ！」

「この部屋は、ここではいちばん風のとおりがいいんだ。庭木のおかげで西日もあたらん。贅《ぜい》沢《たく》を言うな」

「あちいもんはあちいよ……っ！　なんとかしろ、杉本！」

だらだらとむき出しの脚を窓べりに引っかけて、畳に引っ繰り返った彼は癇《かん》性《しょう》な表情の瞳を閉じる。

「少しは我慢しろ、堪《こら》え性《しょう》のない」

「てめえみたいな精神年令ジジイな奴と一緒にすんな！　……若いんだ俺は！　我慢なんか知らん！」

もはや言っていることも支離滅裂な、わがままな同居人に、杉本はかける言葉もない。

呆れた顔の長身の青年が、ごねる汐野に閉口し、氷枕を提供するまで、彼はただ唸《うな》りながら、その柳眉《りゅうび》を険しくさせるばかりだった。

＊　＊　＊

コーポ春楡に住む、ミュージシャン希望の貧乏大学生杉本智里は、この春先に、一匹の猫を拾ってきた。

性別はオス、毛並みは真っ黒、瞳も真っ黒の、気の強そうなきれいな彼を、しばらく預かることになったと、杉本はまず、管理人のミツさんこと、畠山三津美さんに報告した。

基本的にコーポ春楡は独身者用である。同居人、居候のたぐいは当然ながら禁止されている。もし事情のある際には人数分の家賃を払うか、引き払ってもらう決まりごとになっていた。

黙っていていいわけもなかった。いずればれることであるなら、先に話を通すのが筋だろうと、生真面目な杉本青年は思ったわけだ。

なにも考えなしに拾ってしまったというわけではなく、さまざまに事情があるとはいうものの、やはり規定違反であることに変わりはない。

一階の共同玄関のすぐ脇にある一室が、管理人室兼ミツさんの住居である。他の部屋よりも居間の作りが広く、来客の際などはここが使用され、杉本がはじめて彼女と対面したのもこの部屋だった。

さっぱりしたデザインの白いブラウスに、濃紺のロングスカートというでたちのミツさんは、豊かな銀髪を一筋の乱れもなくセットして、フレームの薄い眼鏡をかけている。青春時代にはモガとして、最先端のお洒落《しゃれ》を楽しんだであろう彼女は、襟足の涼しげな着物も、しゃっきりした洋服も、いつでもきれいに着こなす。

杉本は彼をここに住まわせたい旨《むね》と、その理由としてざっとした事情を話した。その間中も平静でごく穏やかなミツさんの反応に、少々びびりつつ、それでも上目にうかがうようなことはせず、きっちり正座をして沙汰《さた》を待った。自分の処遇のことだというのに、猫はその場にまるで臆《おく》した様子もなく、しなやかな身体にもなんら気負いは見られなかった。

そんな杉本と、きれいな毛並みときれいな声の、肝《きも》の太いその猫を、ミツさんは交互にじっと見つめ、智里さん、とため息をついた。

彼女は杉本をファーストネームで呼ぶ。これはなにも彼女と杉本がラブラブ（……）だからではなく、二号室に、杉本禅二郎《ぜんじろう》なる人物が居を構えており、その呼びわけのためである。

「大きな猫さんですねえ?」

言葉の意味を摑《つか》みあぐね、「え?」と目を丸くした杉本の代わりに、にっこり笑った猫が答えた。

「身長は、一七七センチです」

「そう。いいことね。でもちょっと瘦《や》せすぎかしら?」

よかったら、おあがりなさい、と出された羽二重餅《はぶたえもち》を、遠慮もせずに「いただきます」と、猫はきれいな手つきでたいらげる。杉本が咎《とが》める暇《いとま》もない。

「あら智里さん、なにをそんなにかしこまっていらっしゃるの？　別にうちは、動物は禁止してませんでしょう。三号室の広瀬《ひろせ》さんだって、飼っているじゃないの、トラちゃん」

広瀬さんの飼猫は、トラ縞《じま》の模様の毛並みをしている。見たまんまの、ごくシンプルでひねりのないネーミングについてはともかく、なぜにここでトラちゃんの話題が、と杉本は面食らった。

「え、あの、ミツさん」

「あなたが猫を飼おうと犬を飼おうと、わたしは反対しませんよ」

いたってその口調は穏やかで、杉本はなんと言っていいものやらすっかり返答に困っている。

「――ごちそうさまでした」

「いいえ、御粗末さま」

いつもより百倍丁寧なよそいき声が、傍《かたわ》らの華奢《きゃしゃ》な姿から聞こえても、呆れる余裕さえない。

「いや……あの、ミツさん、猫って」

面食らったままの杉本の問いかけに。

「そこにいるでしょう？」

「ここにいるじゃん？」

やわらかなミツさんの声と、もうすっかり聞き慣れた美声が、ほぼ同時に答えた。

猫の名前は汐野真理という。

実際には哺乳類類人猿目ヒト科のその生物の、ここぞというときに振り撒《ま》かれる、涼しげな美貌からの無敵の愛想も、その実案外クールな、したたかな瞳も、なめらかで低いきれいな声も、美意識の高いミツさんのお眼鏡にかなったようだった。

杉本が、彼は今度自分が加入したＩＮＶＩＳＩＢＬＥ　ＲＩＳＫというバンドのボーカルである、と説明すると、彼女は、きれいな声ですものねと、にっこり微笑んだ。

「今度、歌っているところも見てみたいわね」

なんだか浮き浮きとした声のミツさんの言葉は、かなり本気のようで、杉本と汐野は顔を見合わせて苦笑する。


結局杉本は追い出されもしなければ、家賃の追加を言い渡されることもなかった。

少なくともコーポ春楡内での汐野は、彼女の裁量により「杉本の飼猫」ということで、お目こぼしを頂いてしまったのだった。

「智里さんの連れてきたひとだもの。なにも心配してませんよ」

というミツさんの、なんだかまるで、祖母から孫の結婚相手に対するがごときコメントを、複雑な心境で噛み締めつつ、杉本と汐野の共同生活は、ここにスタートを切ることとなったのだ。

＊　＊　＊

まだ春浅い頃、うつうつとした気分で、大学の掲示板の、就職課の公募チラシの代わりに、ベーシスト募集の殴り書きの文字を見付けたあの始まりの日から、杉本の生活は急展開の連続で、毎日が目眩がするほどに新鮮である。

初対面で殴りあいの喧嘩《けんか》をした年下の男に、行きがかり上とはいえ宿を提供することになるなどと、バンドなんぞをやっているわりには、実直で腰の重い、どちらかといえば地味な性格だった杉本自身が、いちばん面食らっている。

クールなポーズを気取るくせに、アクティブというよりも、ようはせっかちで落ち着きのない同居人、汐野の影響か、このところの思考は常にポジティブで、行動のベクトルも実際的な方面に向いたままだ。

大学の方は長い休みに入ったのを幸いに、生活費その他のためのアルバイト、バンドの練習、そしてライブと、杉本のスケジュールはそれらに埋めつくされる。

どたばたと慌《あわ》ただしく日々を送る間に、杉本とＩＮＶＩＳＩＢＬＥ　ＲＩＳＫとの出会いから、気付けば数ヶ月が過ぎていた。

忙しいが、精神的には充実した日々だった。

たまに連絡のある今瀬から洩れ聞くところによれば、大学の同期の連中は、就職活動に精を出しているという。それを知っても、杉本の胸中には、焦りや気まずさは浮かんではこなかった。

追い風に煽《あお》られるように走る。

ＩＮＶＩＳＩＢＬＥ　ＲＩＳＫにすべてを賭けて、いまのこの時間を過ごすことは、逃避でも夢想でもない、現実の目標への努力なのだった。


「あ、お帰り。行ってくるわ」

その日、杉本は後期課題であるレポートのための資料を集めに、久方ぶりに朝から大学の図書館へと足を運んでいた。午後からのバイトへ行くまでの空き時間に、いったん帰宅した彼を迎えたのは、ばたばたと狭い部屋を飛び出してくる汐野の姿だった。

「なんかすげえ荷物だな、アンタ。重くない？」

借りてきた本を詰めこんだショルダーバッグはかなりの重量だが、細身の割に筋力のある杉本にはたいした荷物でもない。別に、と答えて軽く肩を揺すりあげた。

「戻りは何時だ」

「12時すぎ、そっちは？ ……っと！」

「同じかな。気をつけろよ」

　慌てているせいで靴に蹴つまずいた汐野を片手で支え、呆れたようなため息を洩らすと、膨《ふく》れっ面《つら》でうるせえ、と腕をふり払われる。頬にさしたわずかな赤みのせいで、悪態もあまり効果がなかった。

「あ、そーそー、カギ、あそこー」

　デイパックを肩に引っかけた汐野は、駆け出す途中に言い置いてくるりと人差し指を回してみせる。

　うなずいてみせ、「いいから行け」と杉本は苦笑した。

　この部屋には合鍵がない。もともとミツさんからは予備にもう一本をもらっていたのだが、ほとんど使うことのなかった三年のうちに、どこかに紛れてしまったものらしい。新しく作ろうにも、ドアの立て付けが古すぎて、合鍵屋に持っていっても、基本の型がないと断られたのだった。

　杉本と汐野の、互いのバイトの都合から、帰宅の時間がずれることが多いため、そこをどうクリアするかが当初の問題だった。コーポ春楡の見かけが見かけなので、空き巣の心配もないだろうが、いちおうの施錠は必要だ。

結局、玄関脇の新聞受けに鍵を入れておき、先に帰ったほうがドアを開けるという方法を取ったのだが、居候という気兼ねからか、それもなるべく、杉本の帰りに合わせるようにと、汐野の方で時間を調整しているようだった。

彼をこの部屋に住まわせるきっかけの会話をした夜、酔いにまかせた独白のなかで、「だらしない」と自分を評した汐野はしかし、日常の生活面でいえばまるでそんなことはなかった。同居するにあたってのいくつかの取り決め（たとえば風呂の利用時間とか、電話の使用とか）も、杉本以上に細かいところがあったし、たまにする料理などの家事も手慣れたものだった。

家族以外の他人と長い時間一緒に過ごすことは、正直杉本には不安な部分もあった。いくら昼間にはそれぞれの行動を取っているとしても、帰ってくれば汐野はかならずそこに居るわけであるし、バンドの練習もライブ前には頻繁《ひんぱん》になる。休日などは朝から晩まで顔を突き合わせることもざらである。

だが、それがまったく苦痛でないことのほうが、杉本にとっては驚きだった。

夜中に気が向けば、二人でバンドの今後について語り合うこともあったし、また、逆に、めいめい勝手に好きなように時間を過ごすこともある。

口が悪く自己主張もはっきりしていて、わがままといってもいいほどに奔放《ほんぽう》な汐野は、しかし他人のところに居候する生活が長かったせいなのか、最終ラインまで踏みこんで、杉本を不愉快にさせることはなかった。

同じ部屋に居ても、汐野の気配はまるで邪魔にならない。きれいな距離の取り方を、彼はスマートに身につけているようだった。

本当に、ふらりと気紛れにあらわれた猫のような汐野は、すっかりと杉本のテリトリーに根付いてしまっている。些細《ささい》な日常の出来事や、夢であるとか、そういったことを話す相手がいるというのは、言葉の苦手な杉本にとっても、意外に楽しいものだった。

バンドのメンバーである中嶋と高野は、二人の同居を、はじめはひどく危ぶんでいた。なにせ初対面で、彼らの目の前で殴りあいの喧嘩をした杉本と汐野である。

けっこう自己主張の激しい性格の彼らが共同生活などと、果たしてうまくいくのだろうかと、残る二人のメンバーは心配していたらしい。

だがいまでは心配性の中嶋さえもが、「毎日合宿みたいで楽しそうだ」などと羨《うらや》ましがるほどに、日を追うごとに、二人の関係性は親密で、近いものになっていく。

しかし、汐野との関係の濃度が高くなるにつれ、杉本に根ざしたある危機感は、否応なしに強くなっていくのだった。


季節は、夏である。

昨年はなんとかしのいだものの、住人が二人に増えたことで、当然ながら狭い部屋の暑苦しさは倍増した。

杉本の住む七号室にはクーラーなどない。持ってきて個室に設置する分には自由であったが、いまの杉本にはそんな金は引っ繰り返しても叩いても出てこない。

慣れない頃には暑いと騒いでいた汐野も、疲れと睡魔には勝てないと見え、このところはおとなしく就寝するようになった。

街は眠りにつき、網戸の向こう、楡の木の黒い影が夜風に揺れて静かな枝鳴りを奏でている。

扇風機の回る小さなモーター音と、この部屋の住人二人の寝息以外、なにも聞こえないような静かな——静かなはずの、夜のことである。


「ぐ、は……っ！」

浅い眠りのなか、突然腹部に感じた衝撃に、杉本は息をつまらせ、呻いた。

「またか……っ！」

杉本の腹を蹴りあげた当の本人は、平和な顔で眠りをむさぼっている。ショートパンツから伸びたすらりときれいなラインの凶器は、杉本の腹に乗っかったままだ。

「まったく……毎晩毎晩……っ」

憤懣《ふんまん》やる方ない、といったふうなため息をつき、その恐ろしく細い足首を掴むと、いささか乱暴に放り投げる。

ずいぶんと手荒に扱われても、汐野は小さく吐息しただけで、起きる気配はない。

二組みあるはずの布団は、この同居人の寝相の悪さとスペースいっぱいにぎちぎちに敷かれているおかげで、杉本のテリトリーはあってなきがごとしだ。

暑いの狭いのと文句をいう割に、一度寝入れば象が踏んでも起きないに違いない年下の男の寝ぎたなさは、もう嫌というほど身に染みた。

季節が夏に移ってからというもの、杉本の寝不足はひどくなる一方である。

それは、寝苦しい湿った暑さと、こんなふうに夜中に突然襲いかかるボディーブローを懸念してのことでもあったが、それ以上に、やたらに汐野の身体を覆《おお》う布地が少なくなっていることにも要因があった。

「う、ン……っ」

半身を起こし、疲れた顔でまたため息をつけば、寝返りを打った汐野の、やけに艶かしい喉声が聞こえ、杉本は背中に冷汗が流れるのを感じる。

見ないほうがいいのはわかっているのに、ついついその声のするほうに視線を向ければ、タンクトップとショートパンツに身を包み、薄い腹のあたりに申し訳程度にタオルケットをかぶった汐野の姿がある。

「なんだってんだ」

思わず洩れた呟きには、遣る瀬《やせ》なさと自身への呆れが含まれている。

しんなりと白い脚には、夜目のせいばかりでなく、無駄な体毛が見当らない。彼の場合はそれが脚だけの話でなく、どこもかしこもつるんとなめらかな肌で、きれいに白かった。

美白にエステに、懸命に努力をする世の女どもに見つかれば、目の色を変えてそのお手入れ方法を訊《き》かれるであろう彼は、しかしいまどきの青年にしてはめずらしく雑で、なんらそういう気の使い方はしていない。清潔好きで身だしなみには気をつける汐野だが、変に荒っぽいところもあり、洗顔などは、その辺にある石けんで洗って終わりという程度だ。

足の甲から爪先までの真っすぐなラインは優美で、とてもこれが同じ男のものとは思えない。薄暗い部屋の中で、淡い光を発するかのようなその白い脚が、するりとシーツの上を滑った。

なんだか目の毒な色っぽいその仕草に、杉本青年はぎくりとし、あわててタオルケットの端を摑み、その上にひっかぶせる。

「勘弁しろ」

精神的なダメージから鈍く痛みだした頭を抱える。

そうなのだ。杉本の寝不足の要因は、つまるところ、このあまりにもフェロモンの多いひとつ年下の男である。

穏やかな寝息を繰り返す、薄く開いた唇はきれいな山なりで、わずかな赤みがさしている。

吸い寄せられるように見つめてしまう自分の視線の強さに気付いて、杉本は眉をひそめた。

きれいな髪、きれいな肌、きれいな——汐野。

なんだかもうどこもかしこも、神の造形の気紛れと言うほかになく整っていて、無表情でいれば近寄りがたいほどだ。エネルギッシュな瞳の強さがなければ、人形めいた印象の容貌は、眠っているとそのバランスの完璧さが余計に際立つ。

「寝よう。寝るぞ」

無意識に見入っている自分に気付き、このままでいると恐い考えになってしまいそうで、誰にともなく宣言し、夏がけの布団を頭からかぶった。

いまは平和な顔をして隣に眠る汐野は、ホモが嫌いである。嫌悪というより憎悪しているというほうが正しいだろうか。

複雑な家庭の事情から、十五の頃から一人で生活することを余儀《よぎ》なくされていた彼が、手っ取りばやく金になる盛り場のバイトに手を付けたのは致し方ないなりゆきだった。

しかし、あの顔立ちのせいで、その手の誘いが引きも切らず、酔っ払いの親父からのセクハラにあうことも多かったようだ。まだ幼い精神の頃に受けたそれらの出来事に対する不快感からか、過敏なほどにそういう趣味を毛嫌いしている。

同棲相手に追い出され、帰る家がない彼に、同居を熱心にすすめた杉本に対して、胡乱《うろん》な目付きで「ホモなのか」と尋ねたとき、汐野の表情はひどく冷たかった。

その瞳のなかにあるのが軽蔑《けいべつ》と嫌悪以外のなにものでもなかったことが、杉本の胸をなぜか、ちくりと刺した。

無論のこと、誓って言うが、そのときの杉本にそんな下心はなかった。強がりで懸命な青年が放っておけなくて、また自分のバンドのメンバーに、浮浪者のような生活など送らせたくなくて、柄にもなく世話を焼いてやろうと思ったのだ。

少なくとも杉本は、そのときは本気でそう思っていた。

だが、それが果たしてウツクシイ友情からのものだったのかどうか、同居生活も早三ヶ月目にして、すでに自信がなくなってきている。

もしかしたら俺は単に自覚がなかっただけなのかなとふと思ったり。なんの自覚だ、と半泣きになってそれを打ち消したりと、冷静沈着、無表情の顔の下では、結構な葛藤《かっとう》が渦巻《うずま》いている。

汐野と出会うまでは、杉本は自分にその気があるかもしれないなどと、微塵《みじん》も疑ったことはなかった。しかし、そういう自分のノーマルな性向を、近ごろどうも怪しく感じはじめている。

それはきっと汐野の女性的な華奢な身体つきや、繊細で整った容姿に、勘違いを起こしているのだと、だから自分はいたって健常な趣味なのだと、必死に己れを納得させる杉本は、その考えこそが結局、彼の外見が自分の好みのタイプであるという事実を、半ば無意識に認めているようなものだと気付いていない。

いや、気付きたくない、というのが彼の偽りない真実だろうか。

まだ欲求というほど具体的ではないが、なんだか、もやもやとしてしまって、それが形を成してしまうのが案外にもう近い時期のような、そんな恐怖を覚えているのだ。

「いっ……て」

複雑な心境のまま汐野に背を向けて、布団にくるまる杉本の背中に、またもや蹴りが入った。

無意識の力だけにけっこう、痛かった。

そしてまた今夜も、ろくに寝られそうもないなと、杉本は苦くため息をつくのだ。

＊　＊　＊

汐野の視線にあわせ、ラストのフレーズを弾き終えたとき、びりっと痺れるような快感が背筋を奔《はし》った。

『――サンキュウ！　またなっ！』

マイクごしに怒鳴った汐野に、最前列の女の子がきゃあっと叫んで手を振る。

「マサミチーッ！」という黄色い声が会場のあちこちから聞こえるのに混じり、唐突にひどく

野太い声で、

「杉本っ！　かっこいいぜーっ！」

と、自分の名前が叫ばれ、杉本は思わず目を丸くした。無表情にストイックな雰囲気でベースを弾く杉本の、その意外なリアクションに、ステージの上下から、さざめくような笑いが起こる。

ぎゅうぎゅうに詰めこまれた会場で、誰のものかわからず、とりあえず声のしたほうを見やる。そしてわずかに笑って片手をあげると、

「また来るぜっ！」

と、高校生くらいの短い髪の少年が手を振ってくれた。

ステージ袖に下がる途中も、背後からの歓声が心地よかった。

「最近、人気じゃないスか」

傍らの汐野は冷やかすような言葉のあと、やったな、というふうに片手をあげてみせる。

「アンタのおかげで野郎の客が増えたぜー？」

「なに言ってる」

パン、と小気味いい音を立てて手のひらを打ち合わせれば、背後から高野にヘッドロックをかまされた。中嶋は久野美弥に、スポーツドリンクを手渡され、杉本たちの方へと運んでくる。

仲のよい二人を冷やかす汐野に、まだいささか興奮気味の童顔の青年は、殴るふりをした。

ステージの回数も両手に余るようになったいまでこそ、いくらかの余裕も出てきたが、杉本が加入して初めてのＩＮＶＩＳＩＢＬＥ　ＲＩＳＫのライブでは、久方ぶりということもあって、メンバー全員、やはり緊張は拭《ぬぐ》えなかった。

無論のこと単独ではなく、いくつもの対バンと一緒のイベントもので、メジャー入り間近のバンドの顔触れを見て、腰の引けた様子の中嶋に、汐野は不敵に笑いかけた。

「あいつらの客、ひっさらってやろうぜ」

ぎこちなくうなずいた中嶋を見つめ、高野、そして杉本と視線を移した彼の瞳は、揺るぎない自信に満ちているように見えた。

だが、「行こう」と促《うなが》し、手をかけたその骨の細い肩が、細かく震えているのに、杉本は気付いた。小さく驚いて、そしてその、リーダーの華奢な肩を強く摑む。

「うん？」

その強い力に、背後を振り仰いだ汐野へ、目線で「頑張れよ」と告げる。

狭いステージ裏で、息がかかるほど側近くいる、杉本の、いつもとまるで変わらない無表情さに、彼はそして安堵《あんど》とも苦笑ともつかないような表情を浮かべ――。

しなやかな足を、ステージへと踏み出した。

そのときの汐野の言葉が、いまではまるで予言のように、近ごろ、ライブハウスS-CALLでは、彼らを目当ての動員が増えはじめている。

INVISIBLE RISKのライブの回数は、ステイトメントの比ではなかった。杉本が入る以前の、二年間の活動で、少ないながらも固定客を持っていた（これはほとんど汐野個人のファンとも言えるが）彼らはもともとがライブ重視の活動形態で、S-CALLを拠点に、東京近郊のライブハウスにはある程度のつなぎを持っており、ほぼ週一のペースでライブを行なうのが常だった。

ただしこれはメンバーがそろっていれば、の話で、昨年の暮れから春先までは、トラ（代理）のベーシストさえも見つからないまま、ステージに立つこともできず、地道に練習を重ねるばかりだったのだという。

杉本に出会うまで、思うようなベーシストがなかなか見つからず、また汐野、高野の性格のきつさも災いして、中嶋が苦労して連れてきても早くて一週間、長く保《も》って一ヶ月というサイクルで、やめていくのがパターンだったらしい。

汐野の作るキャッチーなビート系の曲も、決して彼の才能がルックスだけではないことを、たしかに知らしめる。いくぶん不安定さも残るものの、歌唱力については、まともなレッスンも受けていない現状をかえりみれば申し分はない。

未完成の魅力というものがあるならば、まさにそういう危うさを含む汐野の声は、不思議な引力があった。そしてこの先、さらなる表現力を身につけていくだろうことも、単なる期待や手前みそ的な身内意識からではなく、杉本は信じている。

だが、その恵まれすぎたルックスのおかげで、固定客といえば年若い女の子が9割を占めている現状では、「受け狙い」もしくは「顔だけ」といった、批評というよりも中傷めいた、刺《とげ》のある言葉を投げ付けられることが多かった。

初めての出会いで、汐野が「ビジュアル系」との杉本の言葉に、過剰反応したのはそういうバックボーンがあったからだということを、すでに杉本も承知している。

それでも正直に言って、初対面の印象は最悪であったし、良くも悪くも目立ちすぎる汐野の存在が煙たい人間も多いことも、いままでのベーシストがなかなか居つかなかった理由もうなずける。

顔が綺麗すぎるということが、男である以上、ルックス重視の現代においても案外に侮《あなど》られる要因であることは否めない。

本来ある力さえ無視されることは、たしかに汐野にとって不幸だったし、同情もする。女性客の中には本当に汐野の顔だけを眺めにきているものも少なくないというこの現状も、どうにか打破したいと、杉本は感じていた。

ブランクを埋めるためにもまずは客を摑もうと、あちらこちらのライブハウスに顔を出した。かなり短い期間に数をこなしているライブは多少きつくもあったが、一回ごとに確実になる演奏力も、かけられる声の強さも、確かな手応えとなって返ってくる。

なにより、信頼できるメンバーとの関係性は居心地がよかった。

走り気味のくせがあった高野のドラミングも、惑わされず着実にリズムを刻む杉本のおかげで、そのぎこちなさは薄れ、気分のいい疾走感が出てきている。ボーカルに専念したいからと、ライブ中にはたまにしかギターを持たなくなった汐野の意見をいれ、中嶋も自分の腕をあげるべく頑張っている。

誰かが誰かにとっていい意味でも刺激を与えられるこの場所が、杉本にとってはかけがえのないものになりはじめていた。

「あー……超気分いいぜ！」

めずらしく手放しで、子供のように笑った汐野も、きっと同じように感じているのだろう。

だが、まだ喜ぶには早すぎる。

「これからだ」

ぽつりと呟いた杉本に、そして彼はにやりと笑ってみせる。

「ったりめえじゃん？」

不敵で大胆なその表情に、このところの懊悩《おうのう》もふと遠退いて、彼の頭を軽く小突いた。

いつまでもこんなふうに居られればいいと、心の片隅に思う気持ちには、実際にはひどく切実なものがこめられていることには、杉本は気付かないふりをした。

＊　＊　＊

その夜の打ち上げで、上機嫌の高野につぎつぎと注がれた酒は、このところの寝不足や疲れも手伝って、めずらしく杉本を酔わせた。

ライブ後で、気分が高ぶっているせいもあったのだろうが、汐野に対する、わけのわからないもやもやした感情を、少し持て余していたのかもしれない。

「しっかしアンタ、顔に出ねえなあ。すげえわ」

差向いに座っている高野は、感心とも呆れともつかない声を出す。

居酒屋の座敷の上で、床に放置された空瓶と酔い潰れた残りの二人を放り出したまま、酒豪の二人は水を飲むようにアルコールを口に運ぶ。

「しかし、……払いは大丈夫なのか？」

ふと、いまさらながらの不安を口にした杉本に、高野がここは母親の知人の店で、いざとなったらツケがきくからと、頼りになるのかならないのかわからない返事をした。

ドラマーの彼にふさわしく、袖をまくり上げたTシャツから覗く腕は太く、ロック系というよりむしろ、ひとところのチーマーのような、柄の悪い人相風体《ふうてい》の彼だが、意外に気さくで人好きのする性格である。雑で荒っぽい性格だが、その人の良さを杉本は買っていた。

「なんかさ、そういえばアンタとはこんな、サシで話すことって初めてだよなあ」

酔いのまわった少し大きめの声で言われた言葉に、「そう言えばそうか」と杉本はわずかに目を見張った。

「わりいな、汐野のお守り担当させちまってよ。いろいろ、感謝してんだぜ、アンタには」

「別になにもしてないが」

がはは、と笑いながらの謝辞に、杉本の唇も苦笑いを滲《にじ》ませる。

「いやいや、まじありがてえって。哲史なんかよぉ、本当にこのままじゃハゲっちまうってくらい、お姫さんの癇癪にあたられてたからよ」

「お姫さんて……聞いたら怒るぞ」

「いいよ、いま、寝てんじゃんよ」

言いながら、一升瓶をまた傾けてくる。気分よくグラスを倒して、日に焼けた高野の顔を見やれば、いままでの明るい口調が不似合いなほど、シリアスな表情を浮かべていた。

「どうした」

ふと気になって声をかけると、感情表現があけっぴろげな彼にしてはめずらしく、逡巡するように薄笑いを浮かべている。杉本の視線に、かははっ、と彼は笑ってみせた。

「まだ、いい。もすこしはっきりしたら言うわ。ま、呑みなよ」

その言葉に引っかかりを感じもしたが、あえて追及することはせず、杉本は勧められた酒に口を付ける。

「アンタこそ、最近どうしたんだよ？」

「？　……なにが？」

なんだか疲れてるじゃないか、という高野に、失礼にも、見た目よりも案外鋭いなと思いつつ、ハードだったからなと返した。

「ここんところ、暑くて寝られないし、……そいつが」

寝転がった汐野を顎でしゃくる。

「寝相が悪くて、夜中にたびたび蹴りやがるもんで、おちおち――」

「なるほどね」

寝られやしない、と言いさした言葉尻にかぶさった高野の声は、なぜだか揶揄《やゆ》するような響きだった。

むっとして正面から見据えれば、助平たらしいような笑いを浮かべている。

だからさ、と高野は身を乗り出し、声をひそめた。

寝不足の原因、汐野だろ？　そう言われて、杉本はぎこちなく、なんのことかと返す。

「だから……蹴りがどうとかじゃ、ねえんだろ」

図星を刺され、押し黙った杉本に、怒るなよ、と高野はあわてたような素振りで手を振った。だが依然笑みを含んだままの瞳に、杉本はむっつりとグラスに口を付ける。

「しょうがねえよ。ホント。俺はアンタのことからかうつもりじゃなくってさ……ちょっと同情してんだよ」

「──なんの同情だ」

不機嫌に吐き捨てると、ばつが悪そうに笑った高野が、いいからさ、と言った。

「コイツ見てっとさ。なんか、やばい感じがするよな。具体的にどうこうってんじゃなくて……ほっとけねえだろ？」

それは同意見だったので、黙ったままうなずく。高野の方も、どうやら下世話な詮索を入れるつもりで言っているのではないらしいと、割に真面目なその口調で知り、杉本も険しかった眉を解く。

「性格がいっくらきつくってもさ、この顔にこの……身体じゃん。で、薄着だろ、コイツ」

目の毒だろう、と、言いにくそうに言葉をにごした高野に、酒を喉につまらせ、杉本はむせる。

「オマエはナニが言いたいんだ」

後ろめたさから、咳きこみながら低めた声で問いかけると、テーブルごしに肩を叩かれる。

「だからぁ、そう怒るなって。同情してんだって。アンタだけじゃねえって、妙な気になるの」

「だっ」

反論しようとして、杉本は言葉をつまらせる。自分をその手のヒト扱いする高野にも腹が立ったが、それ以上に、「アンタだけじゃない」という台詞に引っかかった。嫌な気分がせりあがり、胃のあたりが焦げる感じがする。

「どういう意味だ、それは」

声は、杉本自身が驚くほど剣呑なものになった。視線が尖ったのが自分でもわかり、しまった、と思う前に高野は「おっと」と顎《あご》を引く。

「睨《にら》むなよ。そういう反応すると、マジかと思っちゃうよ、俺は」

茶化すような言葉に逃げ道をもらって、そんなわけがあるかとそっぽを向く。

過剰反応してしまったのは、このところ煮詰まってしまっているせいもあったのかもしれない。

少し、気まずかった。

「ちなみに俺のことでもないよ、いちおう言っとくけど」

この状況でもへらりと笑える高野は案外肝が太いと感じながら、杉本は黙って彼のグラスに酒を注ぐ。

「どうも。まあね、だから、変なおっさんに色目使われるのが多かったわけで……アンタも知ってるっしょ、それは」

「まあな。聞いたことはある」

未だにそれは変わらず、バイト先から帰ってきた汐野が不機嫌もあらわなときは、たいていがセクハラを受けたあとである。

「けどさ、まあ例によって冷たい視線攻撃で、ソデにしてたんだけど……アンタ相手じゃね」

言葉をきり、高野は苦笑いのようなものを浮かべる。

「けっこうさ。手放しになってきてるよ、汐野。そこんとこ、わかってるか？　杉本サンは」

「さあ」

たしかに、同居をはじめてからはとくに、汐野との心理的な距離が近くなったとは思っている。

寝起きをともにするせいか旧《ふる》い付き合いである中嶋や高野よりも、なにくれとした会話は増えていくし、バンドに関してもメロディメーカーの役割を担う二人は膝を突き合わせて話しこむことも多い。

「ガキっちい感情だけどさ。懐かない猫みてえな性格じゃんか、こいつさ。けど、アンタのことは、えらく信用してるから」

ちっと悔しいわけさ。片頰を歪《ゆが》めて笑う彼に、杉本はなんと言ったものか迷う。そしてタバコに火をつけ、少しの沈黙のあと、穏やかな声で言葉を紡いだ。

「でも……汐野は、おまえらのことがすごく好きなんだろうと、俺は思う」

生真面目な杉本の顔に似合わない、面映ゆいような「好き」という台詞に、高野は無言で、照れたような鼻白んだような、複雑な顔をした。

「たぶんコイツが、……いろいろあっても、底まで落ちなかったのは、おまえらが居たからだと、そう思ってる」

淡々とした言葉に、高野は照れたように赤くなった。

「やめろよ、こっ恥ずかしい」

「じゃあ、言わせるな」

茶化した高野に、杉本も顔をしかめて赤くなる。

「なんかダセえなあ、俺ら。中学生日記かっての」

決まりの悪い表情の高野に「ああ」と答えると、彼は不意に真顔になった。

「ださいついでに言っとくか。汐野のこと、裏切らないでやってくれな」

その言葉の真摯《しんし》な響きに、気まずくそらしていた視線を、杉本は高野に戻した。

「危なっかしくてさ、気が気じゃなかったけどさ、ずっと。アンタが居るから、大丈夫だよな？　まかせて、いいよな？」

杉本に口を開かせまいとするかのように、早口に言い募《つの》った高野は、視線を下に落としたままだった。

その、昏《くら》く真剣な瞳になぜか不安を感じて、高野、と杉本は硬い声をかける。

「高野……それ、どういう」

「あ、やっべー！　終電近いじゃん！」

わざとらしいほど明るい声で呟《つぶや》き、問いかけには答えず、帰ろうぜ、と笑った彼は、寝転がった中嶋と汐野を起こしにかかる。

「おら、起きろ！　哲史、帰れなくなるぞっ！」

「――」

そんな高野を見つめながら、ふと、さっきの言葉が杉本の脳裏によぎる。

（……まだ、いい。もすこしはっきりしたら言うわ）

「汐野。もう帰るぞ」

眠い、とぐずるようにする汐野の腕を肩に回して、杉本は嘆息する。

店を出て、同じように中嶋を引きずった高野に、杉本は言った。

「いつ、はっきりするんだ？」

唐突な言葉だったが、彼には意味が通じたようだった。

「もうちょい、先」

ちゃんと言うんだな、と念を押すと、黙ってうなずいた。

「なら、いい」

すまん、と呟いた彼に、それだけを言って杉本は歩きだす。少し重い沈黙を破るように、高野が口を開いた。

「そうそう。さっき言った汐野裏切るなっての、べつに押し倒すなって意味じゃねえからよ」

「!?」

ぎょっとなって身体を支えた汐野を見れば、杉本に引きずられながらも半分以上眠っていて、いまの言葉は聞こえなかったようだ。ほっとしたあと、高野を睨み付ける。

「だから俺は別に……っ」

声をひそめた杉本にも、ここが天下の往来であることも頓着《とんちゃく》せず、高野はけろりと続けた。

「いいっていいって。アンタのせいじゃないよ。色っぺえ汐野が悪いんだって。こー、ムラムラきてもしょーがねえって」

「ムラ……って、高野……っ!」

からからと高野は笑って、中嶋を支えるのとは別の腕で、それにさあ、と杉本の肩をばしばしと叩いた。

「コイツもまんざらでもないと思うよー。アンタいい男だし。大丈夫！　俺、偏見ねえし、そういうの理解ある方だから！　友達じゃん！　なっ！」

ナニがまんざらでもないのか、どういうのにどういう理解があるというのか。

そんな友情、いらない。杉本はそう言いたかった。

「じゃ、また！　頑張れよっ！」

がっくりと肩を落とした杉本に、ひどく元気な高野の声が追い打ちをかける。

「なにを頑張るんだ、高野」

すっかり「そういうヒト」のレッテルを貼られた杉本の足取りは、ますます重くなる。

からかわれたのか煽《あお》られたのか。

複雑な気分で支える、意識のない汐野の、細い肩の薄さに、ひどい罪悪感を覚える。

無防備に体重を預ける汐野はやはり軽くて、肉の薄い身体なのに、力が抜け切っているせいか、手のひらに感じるその感触は、毒なほどやわらかかった。

そのやわらかさを意識してしまうことを、もう杉本には止める手立てがない。

このまま自分はどうなってしまうのか。

ひどい不安にかられて、ふと仰《あお》いだ夜空は、スモッグに霞《かす》んだ星が、冷たく瞬《またた》いていた。

＊　＊　＊

八月が過ぎる頃、ＩＮＶＩＳＩＢＬＥ　ＲＩＳＫの名は都内近郊のアマチュアバンドのなかでもかなり知れたものになっていた。

一部の音楽雑誌にも、今年注目株のインディーズバンドとして、小さくではあるが取り上げられ、杉本はなにとは知れない波が自分たちを押し上げていくような、不思議な感覚を覚えていた。

活動が軌道に乗る以前、ひどいときには立ち売りも辞さなかったライブのチケットは、口コミの情報網によって倍々ゲームのように増えていく客足と比例し、ソールドアウトが続出する。だがそれも都内近郊の話だけで、たまに地方に赴《おもむ》くことがあっても、そこでは依然として人気の度合いが低いという現実がある。

地道なライブ活動以外に名を知らしめるにはCDやビデオなどの販売がいちばんなのは事実であったが、まだそこまでの経済力は彼らにはない。自主制作のテープも、ライブごとにかなりの数が売れるようになっていたが、スタジオ代その他を考えれば実費でとんとん、というのが現状だった。

それでも、どこの事務所にも所属せずに、あたって砕けろのライブだけで、わずか半年弱の間にここまで来れたのは、むしろ奇跡に近いだろう。

「けどもっと、いろんなところでやらなきゃ駄目だ」

定番になっているハコ以外でもライブをやってみよう、と言いだしたのは汐野だった。

ライブハウスにはそれぞれのカラーがあり、客層も割に一つにくくれる傾向を持っている。受け入れられたハコでやり続けることは安全であるが、ともすれば身内意識の高いオーディエンスとの、馴《な》れ合《あ》いになる危険度も高い。固定客が、愛情ゆえの奇妙なこだわりを持ちはじめる前に、幅を広げたいという汐野に、杉本は賛同した。

残る二人は、「難しいことはわからないが」と、杉本と汐野にそのあたりの判断は一任すると言った。

ブッキングその他はフットワークの軽い汐野と、ステイトメント時代の長い下積みのおかげで、この業界の事情に長《た》けた杉本が行なう。

楽曲やプレイだけでなく、ふたりのコンビネーションを中心としたバンドスタイルのようなものが、ＩＮＶＩＳＩＢＬＥ　ＲＩＳＫの四人の関係性のなかでは、既にしっかりと根付いていた。


汐野と連れ立って訪れた「デセル」は、以前杉本がよく出入りしていたライブハウスだ。ステイトメントとして活動していた頃の定番だったこのハコは、客層もあまりガラが良くない。入り組んだ、裏寂れた路地の中古レコード屋の二階へ上れば、タバコの煙と埃《ほこり》で視界は鈍く霞んでいる。

「なんかすげえとこだな」

「だから、あんまり勧めないって言っただろう」

いちおう見るだけは、という汐野の意見にしたがったものの、正直あまり顔を出したくはなかった。

天井の低いそのハコの中には、顔色の悪い、剣呑な目付きの男たちが集っている。久しぶりの空気に触れて、杉本は奇妙な懐かしさと同時に、ここはもう自分の居場所ではないという、居心地の悪い違和感を感じていた。

「よお……生きてたか」

呼び出した髭面《ひげづら》のブッキングマネージャーにどこか冷やかすような声をかけられ、杉本は苦笑する。

「頑張ってるじゃん。INVISIBLE RISKだっけ？ いろいろ聞いてるよ」

「ども。吹田《すいた》さんにはいろいろ、世話になっちゃって……すいませんでした」

ステイトメントが急に解散になったとき、ラストのライブもお流れになった。キャンセルした際に、本来なら使用料のほんの一部しか返金されないものを、吹田マネージャーは「貧乏人からは受け取れねえ」と、その大半を返してくれたのだ。

「俺はいいんだよ、趣味でやってんだから。…んで、なんだ？ そのご恩を返してくれるって？」

「出演させてもらえればですが」

普段はこういうことは傍らの口のうまい彼に任せているが、顔見知りということで杉本が先に立って話をすすめるのを、ものめずらしそうに汐野は眺めていた。

電話が入った、と奥に引っこんだ吹田に愛想をひとつまいて、汐野は杉本に向き直った。

「アンタ、結構ちゃんと喋《しゃべ》れんじゃん」

普段は面倒がってんのか、とわざと責める汐野に、無言で肩をすくめてみせる。

「ステイトメントは俺がこういうのを担当してたんだよ、みんな腰が重かったし……今瀬はなめられやすくて、いろいろ難しかったんだ」

ＩＮＶＩＳＩＢＬＥ　ＲＩＳＫのライブを何度か見にきてくれたことのある親友の名を出すと、汐野は彼の、いかにも温厚そうな顔立ちを思い出したのか、笑ってみせた。

「たしかにねえ。今ちゃんがこんなとこにくりゃ、浮いちまわあ」

頓着せずにそう言ってのける本人が、いまこの場所でいちばん浮いているのだということは、汐野は気付いていないらしい。杉本はそっと嘆息する。

受け付けでライブ出演の予定が取れるかという交渉をしている間も、明らかに異色な汐野の姿に、ものめずらしげな視線があちこちから投げられる。その視線は、しかしあまり歓迎するようなものではないことを、汐野は気付いているのだろうか。

このところアマチュアのなかでもメジャーな連中と一緒になることが多かったせいか、派手な顔には免疫《めんえき》のついていた杉本だ。だが、一昔前の寂れた雰囲気の漂うデセルでは、彼がやはり一般人とは一線を画《かく》すものがあるということが嫌というほどわかる。

なんだかまずい空気だな、とぼんやりと思う。本人はあまり戦闘的な性格ではないのだが、顔立ちと雰囲気のせいか昔から喧嘩ごとに巻きこまれることの多かった杉本は、そういう空気にはひどく敏感だ。

「あ、誰か終わったのかな」

あまり上等でない防音のドアから、ほとんど音は洩れていたが、開かれたドアからあふれてくる、ノイズとハウリングのひどい音の洪水《こうずい》と、幾人かまとまって出てくる客とおぼしき人の群れに、汐野はぽつんと呟いた。

そういえば今日のステージには誰が出ているのか、入り口にある演目表を見ることもなかったなと、あらためて杉本は乗り気でない自分を感じる。

(似合わないんだよな……ここは)

丈高い花のように、すっと背筋の綺麗な汐野の姿が、濁った煙に汚されてしまうようで、嫌な気分がする。

もっと華やかな、日の当たる場所に居させてやりたいのだ。このボーカリストには。

そんなことを考えて、吹田には悪いがやはりもういちど考え直そうかと汐野に言いかけたとき、背後から肩に手をかけられる。

「杉本じゃん。なにやってんのぉ？　こんなところでぇ」

「板谷《いたや》？」

変に間延びした、活舌の悪い声音に振り返り、杉本は自分の顔が歪むのを感じた。青ぐろい顔色の、目玉が異様に張り出して感じるほど痩せた板谷は、にいっと笑った。黄ばんで並びの悪い歯と、歯茎がむき出しになった表情は生理的な嫌悪感を煽る。

誰、と目線で尋ねてきた汐野に、「昔の知り合い」と簡潔に答える。

「なんだよぉ。紹介してくれよぉ。えっと、ほら――汐野真理、……だろお？」

フルネームを呼び捨てるそれは親しみよりも揶揄の色が濃い。下卑《げび》た笑いで覗きこまれ、汐野はぴくりとその整った眉を跳ねあげる。

「なに、おまえ」

地を這《は》うような声の汐野は、なまじ顔が整っているので、目線がきつくなると異様な迫力がある。苛立《いらだ》ちにきらめく目元は壮絶で、情況も忘れて一瞬、杉本は見惚《みと》れてしまった。

そんな汐野を無視するように、そのくせ視線ではちらちらとうかがいながら、板谷は杉本に嘲笑《あざわら》うような声を投げ付ける。

「おれ、ステイトメント好きだったのにさあ。なんでやめちゃったんだよ。なあ、なんで？」

なあ、なあ、と馴々しく腕を摑まれ、杉本の顔に浮かぶ嫌悪の色は強くなる。

「メンバー見つかんねえなら、俺と一緒にやってくれれば良かったのに」

その言葉にはあからさまに、ＩＮＶＩＳＩＢＬＥ ＲＩＳＫへのあざけるような匂いがこめられている。

昔からあまりいい評判のない男だった。目付きの定まらない落ち着きのなさは、クスリをやっているらしいという噂《うわさ》を伴っている。

ステイトメントが好きだというのは本当だったろうが、しつこく付きまとうわりには「認めてほしい」という変なプライドからか、自分から下手に出ようとはせず、挑発するような言動が多かった。

「なんか、変わったよなあ、アンタさあ」

「べつに」

こんな奴に言われる筋合いはない、と掴まれた腕を振りほどく。むっとしたように睨《にら》まれても、怯《おび》えたように痩せた頬が震えていた。またいくら凄《すご》んだところで、貧相で背の低い板谷ではまるで迫力がない。

傍目《はため》からはまったく表情を変えない杉本のつれなさに、相手にされないことを悟ったのか、板谷は引きつったような笑みを汐野に向ける。

「なあ、アンタ人気あんだろ？　いろいろ聞いてるよぉ」

いろいろ、の部分で声音を変える板谷に、汐野はかっとなったように顔を引きつらせる。

「てっめ……！」

身を乗り出した汐野を、しかし長い腕で杉本はさえぎった。

「よせ。——相手にするな」

「杉本……っ」

やめろ、ときつく視線で諫《いさ》めると、悔しげに歪んだ顔で睨まれる。細い肩を摑んで、強引に板谷に背を向けた。

「むかつく、あいつ、なに……っ!?」

「気にするな。怒るような相手でもない」

毛を逆立てる猫のような汐野の肩をなだめるように叩きながら、早く吹田が戻ってこないかと、杉本は祈った。

その背中に、板谷の奇妙に上擦《うわず》った声が投げ付けられる。

「な、なんだよ、逃げんのかよ！ わ、わかった、恐いんだろ？ 恐いんだ！ 女みたいな顔してるからな、弱いんだろう！」

あざける言葉の幼稚さに、杉本は鼻白んだ。興奮しているのか、板谷はなおも吃《ども》りながらヒステリックにわめいている。ライブハウス内の視線が自分たちに集まるのを、杉本は不快感とともに受けとめる。

手をかけて抑えこんだ汐野の華奢な肩先は、憤りに震えていた。

「っんのヤロォ……！」

「小学生みたいな挑発に乗るなよ、お前は」

わざと呆れたように諫めてみれば、わかってるよっ！ と不機嫌もあらわにタバコに火をつける。

しつこくなにごとかをわめく板谷のしつこさに、ぎっ、と振り返った汐野の目線の強さに臆したのか、手応えがあったと思ったのか。

異様なほどに震えているくせに、もうやめろ、と睨んでみせる杉本の視線を嗤《わら》って、板谷は興奮したような口調で続けた。

「いいよなあ、顔が良くってなあ、クソみたいな曲でも、お姉ちゃん来てくれるだろ？」

いやーん濡れちゃうー、と、下品に腰を捩った板谷に、汐野の目の色が変わった。

「そんな奴と一緒にやってて、杉本、満足なのかぁ？」

陰でいろいろ言われることはあっても、正面きって、まさかここまで露骨に馬鹿にされたことはない。杉本はすうっと、胃の腑が冷えるような怒りを感じた。

しかし、杉本がその感情を自覚するよりも早く。

「るせえんだよこのヤロウっ！」

凄まじい怒声が傍らから響き渡る。華奢な身体からの、信じられないような力の強い低音は、びりびりと空気を震わせるほどの声量でその場にいた人間すべての耳をとらえた。

「こいつに相手にされてねえのがわかんねえのかッ!?　バカ面下げて、うちのベースにくだらねえコト言うんじゃねえよ！」

怒鳴られたことにむしろ気を良くしたように、板谷はどこか螺子《ねじ》の外れたような奇声を発して笑いだした。

「はは、あはあ、恐いなあっ！　怒鳴るなようっ、バッカみてえ！」

「おい！」

杉本が止める間もなく、板谷へと早足に近付いた汐野の細身な見かけを侮ったのか、顔色と同じくどす黒いような指先で、ぴたぴたとなめらかな頬を叩いてみせた。

杉本の眉間に浮かんだものが、さらに険しくなる。

それは場違いな憤りではあった。自覚はしていたから、怒鳴るのだけは懸命に堪《こら》える。

勝手に触るなと——叫んでしまいそうで。

しかし、そのあとに続けられた板谷の言葉に、杉本は血の気が引いていくのを感じた。

「キレーな顔が台無しじゃーん、汐野ぉー。この顔で男も騙《だま》してんじゃねえのぉ？」

(ば、か、この……！)

逆鱗に触れたことにも気付かず、板谷はへらへらと笑った。その瞬間。

痩せぎすの身体は、うなる間もなく壁ぎわへと吹っ飛んでいた。

「もう一回言ってみろっ！」

板谷はまだ自分の置かれた情況がわからないというように、茫然《ぼうぜん》と這いつくばっている。

憤りを全身に滲ませた汐野の拳が震えていた。よせ、と肩を掴んだ杉本の腕をも、邪険に振り払う。

「止めんなよ。てめえも殴られてえのかっ」

怒りにきらめいた瞳を真正面で見つめ返し、細い肩先を強引に摑んで一喝する。

「これ以上騒ぎをでかくする気か！」

その言葉に目元を歪め、でも、と汐野は唇を噛んだ。

「アンタまでバカにされてっ……！」

その悔しそうな声に、杉本は目元を歪めた。

「挑発に乗ってどうする。俺はなんとも思わない」

板谷の言葉はほんの少し、後ろめたさのようなものを刺激もしたが――それはまったく杉本の個人的な感情の問題だった。

殴り倒された板谷に振り返れば、びくりとしたふうに身体をすくめる。

「板谷。ウチのボーカルは、顔だけが売りじゃないぞ。顔もいいんだ。間違えるな」

かがみこんで、怯《おび》える鼠《ねずみ》のような貧相な顔を覗きこむ。

彼以外にはわからないように――だが明らかな殺気をこめた視線に、板谷はさらなる怯えをその目に滲ませた。

「なにが言いたいのか知らんが――これ以上、くだらないことを言うな」

肩を摑んで引き上げてやりながら、そこにこめられた凄まじい力に、板谷は半泣きの表情を浮かべた。

「売れたけりゃ、人にかまってないで、自分をなんとかしたらどうだ？」

その情けない顔を見下すように薄く笑う自分の表情が、ひどく酷薄《こくはく》なものを浮かべていることを、杉本は自覚する。

それでも悔しそうに、なにごとかを言いかけた板谷が、杉本の背後に向けた視線の先にあるものを見付け、引きつったような顔をした。

怪訝《けげん》に思った杉本が振り返る直前――。

「ばたばたうるせえなあ」

苛立ちを含んだ、ぶっきらぼうな。

「人のライブ前ってのに、なにやってんだおまえら」

そのため息混じりの呆れたような声音には、いやというほど聞き覚えがあった。

「ゆ」

フレームの薄い眼鏡と、ぼさぼさに乱れた髪。よれた襟元のシャツから覗く、日に灼《や》けた首筋を、大義そうにこきりと彼は鳴らした。

「遊佐」

板谷が怯えもあらわに彼の名を呼び――杉本は、驚いて声も出ない。

「板谷か。またなんかバカやったんか」

ちらりと眺められただけで、びくん、と肩をすくめた板谷は、擦り抜けるようにその場を逃れる。背後で、この、と汐野がわめくのが聞こえたが、かまう余裕もない。

「おまえが殴ったんか？　杉本。めずらしいじゃねえか」

そう尋ねられたのが自分だということにも気付けず、杉本はぼんやりと久方ぶりの友人の顔を眺めた。

「てめえに聞いてんだろうがよ。返事しろや」

舌打ちのあと、ガリガリと髪を掻《か》きむしった遊佐は、なんら以前と変わるところもない。

はっとなって、杉本はようやく返事を返した。

「ちょっとな。連れと揉《も》めた」

「連れ？　……ああ」

まだむっとしたままの表情の汐野に一瞥《いちべつ》をくれて、遊佐は「ふうん」と気のない声を出した。

「ま、いいけど……静かにしてくれや。ただでさえ馬鹿な客しかこねえんだ、ここ。喧嘩なんかされっと、そっちにオーディエンスが流れる」

突き放した口調で、物見高い野次馬に視線を流す。

その目のなかには冷たさしか見えず、杉本はひどく胸が苦しくなった。昔から、客に対する遊佐の、あからさまな不信感と愛情のなさにはついていけない部分がある。

「…なんだ、相っ変わらずだな、てめえは」

ほんのわずかに変わった杉本の表情を読んで、からかうでもなくバカにするでもなく、遊佐はそう呟いた。

「ヒマか、いま」

よれたハイライトを唇に挟んだ遊佐は、視線をあわせないままぽつりと言った。ぼそぼそとした声が聞き取りづらく、「え？」と聞き返せばもう苛立ったような口調になる。

「たく……時間があるなら聴いてけって言ってんだろう。そんくらいわかれや、バカじゃねえんだろうが？」

早口の吐息混じりの声は、板谷のあからさまな嘲りよりも、よほど杉本に不快感を与えた。かつてこの男とともに過ごした日々には、慣れすぎていてわからなかったその感情は、あまりに久しぶりで、だからこそ重たい。

「いちいちむっとすんな。うら」

「サンキュー。ただでいーの？」

チケットを差し出されてもむっつりと押し黙った杉本の代わりに、汐野が答える。

「どうせ売れねえんだ。いいよ」

床に灰が落ちるのもかまわず、遊佐はきびすを返した。

「見てこ。行こうぜ」

杉本の様子がおかしいのに気付いたらしい汐野は、先程までの苛立った態度をおさめ、むしろ静かにそう促した。

うなずくのが精いっぱいで、強ばりつく表情は崩せないまま、杉本はやわらかに背中を押す細い指先にまかせて、重い足を踏み出した。

守歌」だった。

騒《ざわ》つく客席に睨むような視線を投げ、遊佐の重い声が、静かに歌いはじめたのは「竹田の子守歌」だった。

生ギターと彼の歌声だけの、その日本一ポピュラーな子守歌は、むしろどんなハードなロックンロールよりも激しく、そして情感豊かに狭い場内に響き渡る。

はじめは呆れたような笑いを洩らしていた客たちも、じきにしんと静まり返り、引きこまれるように耳を傾けていた。

そういえば彼はこの曲が好きだった、と杉本は思い出す。民謡はゴスペルに通じると、ひところには各地方の――主に沖縄方面が多かったが――民謡歌手などがワールドワイドなステージで活躍することもあった。

琉球民謡をベースにしたヒットソングなどもその時期には多発したが、ブームの過ぎたいまでは、そういった曲をさほど耳にすることもない。

現状の業界では、チャートの上位ランキングのほとんどが、ドラマ、CMのタイアップ曲である。消費のためのポップソングが幅をきかせる中、歴史の重みを背負った、ルーツミュージックともいうべき音楽たちは、一部のこだわりある人々以外に、受け入れられることは難しいようだ。

そんな時代の流行とはまるで無縁であるかのごとく、遊佐はいつでも、ある種マニアックに、それらの音源を追求するスタイルを取り続ける。

好きな歌を、好きなように歌う。現われ、また去り、めぐりゆく時代の空気など、本当に彼には関係のないことなのだ。

これほどの強さは、自分にあるだろうか。無意識に噛み締める奥歯の痛みに、頭がくらくらするようだ。

ステージの最後方、壁によりかかるように、杉本は立ちすくむ。

その隣にいる汐野は、ひどく真剣にステージを見つめていた。そこには呆れも、笑いもなく、むしろその瞳は真剣で、杉本は複雑な気分になる。

やがて彼のオリジナルの曲が始まって、懐かしいメロディに杉本は目を閉じる。アコースティックギターだけのアンプラグドバージョンであるそれが、バックメンバーなしでも十分に――いやむしろ、余計な音が無いからこそ冴えた音質になっていることに、苦いような気分を感じた。

ステイトメントの解散は、遊佐抜きで決定した。通達は電話のみという、友人として付き合いのあったはずの関係にしては最悪のパターンの幕引きで、もしもういちど遊佐と逢うことがあったならば、恨み言も甘んじて受け入れる覚悟はできていたのに。

（おまえにとって、俺はなんだったんだ、遊佐……）

なんのてらいもなく、感傷も見せず話しかけてきた彼に、そんな感情を覚えるのが筋違いだということはわかっている。だが、こんなふうにシンプルであればあるほど存在感の重さを感じさせる遊佐にとってのステイトメントの——ひいては杉本の存在価値は、はたして彼の中にあったのだろうか。

埒《らち》もないことだ。けれど引きずっている。七年の歳月を、無為であったと、彼の足を引っ張るだけの存在であったなどと、考えたくはないのだ。

「空気悪い。出ねえ?」

ひそめた囁《ささや》きが、耳元でする。

肩先が触れるほどの距離なのに、その存在をまったく失念していた汐野の声は、杉本をいたわるようなやさしさがあって居たたまれない。

「もう帰りたい。帰ろうよ」

たぶんそう感じているのが杉本だということを、聡《さと》い彼は気付いていたのだろう。

細い指がそっと、肩口のシャツを摑んで引いた。喉がつまったような圧迫感に、彼を見下ろす自分の瞳はどこかすがるようなものを含んでいるに違いない。

情けなくて、もうそれからは一言も言葉を発せずに、二人は静かにその場をあとにした。

＊　＊　＊

地元の駅の近く、ファミリーレストランに入って夕食を取った。帰りの道すがらずっと無言のままの杉本に、汐野が幾度か心配気な視線を向けていたのは気付いていたが、もうそれをフォローする気力が残っていなかった。

「なあ、今日、ごめんな」

アイスコーヒーのストローをいじりながらそう呟いた汐野の言葉に、杉本はどこかぼんやりした視線を向けた。

「なんか……揉めちゃって。悪かった」

「ああ」

そういえばそうだった、と板谷との顛末《てんまつ》もすっかり忘れていた自分に苦笑する。やっと少し笑った杉本に、汐野はほっとしたような表情をした。

「やっぱあそこ、無理だね」

「うん……ウチには合わないと思う」

眉をひそめた汐野の表情が子供っぽくて、ひどくほっとさせられる。ため息をついて煙草をくわえた杉本の顔を、ふと汐野は上目に見つめた。

「なんだ？」

問いかければ、んー、と彼にしてはめずらしく言葉を濁す。

「なんか元気ない」

頬杖《ほおづえ》をついて、細い指で杉本を指差した。別に、と笑ってみせると、上唇を尖らせた。

「アンタがそーやって無意味に笑うのって、なんか誤魔化すときだけだって、自分でわかってる？」

いきなりの突っこみに、杉本は目を伏せる。

「日本人だねえ。誤魔化すときは曖昧に笑う、ウソはつけないから黙っちゃう——」

「絡むなよ」

間を持たせようとコーヒーに口を付けようとして、カップの中身が空なのに気がつき、杉本は顔を歪めた。

「—遊佐ってなに？」

じいっと真っすぐに見つめるままの汐野の言葉は、口調はやわらかいが真剣で、うやむやにされることを許さない響きだった。

「ステイトメントの、元ボーカル」

「そうじゃなくて——前から思ってたけど、どうして、昔のバンドのこと、なんにも話さないんだよ」

簡潔な答えに、汐野は気が急《せ》いたような早口で、なおも問いただした。

「アンタがあんなに動揺するのって変だよ。なんかあったワケ？　むかし」

無言のまま杉本はその瞳を見つめ返す。そして、帰ろう、と立ち上がった。

「杉本！」

咎めるような彼の声に、穏やかな瞳を向け、話すから、と杉本は呟いた。

「本当に、なにかあったってわけじゃないんだ。ただ、おまえが聞きたいなら。部屋で。ちゃんと、話す」

ひどく陰鬱《いんうつ》な杉本の声と、伏し目したままの表情に、汐野は口をつぐんだ。

＊　＊　＊

部屋に戻って、明かりを付けて、腰を落ち着けたとたんに汐野は「話せ」とせっついてきた。せっかちな彼に苦笑しながら、とつとつと言葉を紡ぐ。

「遊佐とは、ずっと一緒にやってきたけど、……正直言ってあいつのことは未だによくわからない。そもそも、バンドをやろうって言いだしたのは今瀬だったんだ。あいつとは小学校が同じで、けっこうよくつるんでて――中学生のとき、まあ、流行りものみたいな感じではじめて、それで、ギターのうまいのがいるって聞いたから、遊佐を誘ってみたんだ」

杉本は、奥にしまいこんでいた、ステイトメントのテープをデッキにかける。

「これは遊佐の曲で、……ステイトメントのは全部そうで、あいつは十三かそこらの頃からやたらに巧かったし、自分の世界観を持ってて。俺たちはただ、あとを追っかけるみたいに、あいつの曲をマスターしていった」

ちなみにいまかかっているのは、彼が十五のときに作ったものだと言うと、汐野は目を丸くする。

スタジオ練習のときに、持ちこんだカセットデッキで録音しただけのそれは、安っぽい音質だった。

だが、その完成度の高さと遊佐の歌の巧さに、汐野はしばらく惚けたような顔をする。

「これで……？」

歌詞は社会風刺のこめられた鋭い言葉をリズムに乗せ、とても中学生の作り上げたものとは言えないほど冷たい表情を見せていた。あえて言うならば、声質の不安定な高さと、その鋭すぎる憤りこそが、幼さの証明といえるくらいだ。

「凄いだろう？　……あいつは凄かったよ。知識も半端じゃなかったし、それが理詰めにならない感性も持ってた。そんな奴と一緒にやれているのはやっぱり嬉しかったし、憶えることが山ほどあって、ずっと、無我夢中だった」

ふと、懸命だった頃を思い出して、杉本の視線が遠くなる。

その遊佐に、——なにものかに「選ばれた」存在に、決して自分が成り得ないことに気付いたのは、いったいいつ頃のことだったろうか。

「高校はみんなばらばらになった。それでもステイトメントは続けたよ。ライブもやって……その頃はいまみたいに、インディーズレーベルとか盛んじゃなかったから、オーディションも受けたりした」

「楽しかったんだろ？」

そっと尋ねる声に、苦く笑う。

「まあ、なあ。たぶん、そうだったんだろう」

たぶん、としか言えない自分が少し切ない。そんな杉本の心中を察したように、汐野は黙ってカップを手渡してくる。マグカップに日本茶の取り合せは、風情が台なしだったけれど、それでも杉本の好きな濃さに淹《い》れられていて、小さく礼の言葉を呟いた。

「そのオーディションで……遊佐だけなら、デビューさせてやるって言われて。揉めはしなかったけど、遊佐はその話を蹴って。俺たちは、嬉しかったけど、なんか」

声が苦くなる、顔が歪む。忘れかけていた痛みを思い返して、杉本はうなだれた。

それは結局、いまになって思えばきっかけのひとつにすぎないけれど、たぶん彼らの中にある、「なにか」を変質させてしまったのは、そのできごとだろう。

「ちょうど、ソロシンガーが流行ってる時期だったよ。バンドなんかいまさら、っていう審査員の態度も不愉快だったし、バックメンバーなら、プロのほうが巧いに決まってる」

告白の、嫌な胸苦しさに、声は重く、吐息混じりにかすれたものになった。

「俺たちが遊佐の後ろでやることに意味はないと思った。じっさい、俺の作る曲は全部ボツだったしな。才能がないんじゃしょうがないとは思ってたんだが」

「──なに言ってんの？」

ややきつい口調で、汐野は杉本の言葉をさえぎった。そして真剣な顔で、デッキを指差す。

「いい音だと思う、俺。うちのとは違うけど、すごく、でも──巧いし、それだけじゃなくて……遊佐さんの声も、アンタの音も、好きだよ」

「ありがとう」

なぜだか憤ったような表情の彼に弱く笑うと、

「なぐさめ言ってんじゃねえってば……！」

指先を握ったり開いたりしながら、せわしく地団駄《じだんだ》を踏む子供のように、汐野は悔しげに言った。

「俺、アンタの曲好きだよ、凄く──プレイも、……そりゃ俺、性格こんなだから、うまく誉めたりできなかったけど！」

うっすらと頬を赤く染めるまま、彼は言い募る。

「アンタみたいな巧いの、入ってくれて、俺はホントに嬉しかったし、中嶋も高野もきっとそう思ってる。なのに……なんだよ！」

切ないような響きの汐野の声に、杉本の左肺奥は、壊れそうなほどの軋《きし》みを訴えた。

「才能がないなんてそんな……そんなこと言うなよ……アンタは……アンタは、凄いって俺……俺ホントに、思ってるのに」

その真剣な瞳は、興奮のためか悔しさからかわずかに潤んでいて、こんなときなのに杉本は、やはり引きこまれるように見つめてしまう。

彼はこんなに懸命に、自分を――杉本の存在を認めてくれていることを、伝えようとしているのに。

その嬉しさとはまた別の、ひどく不埒《ふらち》な感情が、背中にぴたりと寄り添っている。

酸素が薄い。

心臓の高鳴りが耳に痛い。

汐野の淡い色の唇が声を発するたびに起こる、酩酊《めいてい》感から逃れられない。

(――やめてくれ)

フィジカルな面で惹かれるだけなら、逃げ道はいくらもあるというのに。

真摯な瞳に捕まってしまいそうだと感じて、杉本は小さく背筋を震わせた。

言葉で、瞳で、全身で杉本を肯定する汐野の、そのひたむきさに、恐怖さえ覚える。

いつかこの瞳を、裏切ってしまいそうだ。

裏切るだろう。

傷つけるだろう、とも思う。

予感よりも確信に近いそれを、煙草の苦い煙とともに胸のなかに閉じこめる。

とくりと跳ね上がった鼓動は、おさまりを見せぬまま走りだす。必死で逸らし続けていた感情のベクトルが、杉本の意志とは関係のないところである形を成してしまったことを、いまこの瞬間に、杉本は知ってしまった。

(やめてくれ……)

痛々しいほどに震える唇を嚙み締める汐野に、許してくれと懺悔をしたい。爪が食いこむほど強く、拳を固めてしまわなければ、きっと自分は、いますぐにでも。

触れて——壊してしまうだろう。

そしてこの、溢れだしそうな目眩に似た甘い熱情を、汐野にいったいいつまで隠し通せるのか。そんなことをふと思えば、沸き上がる焦燥感は強く激しい。そして杉本には、それをとどめる自信がないのだ。

「なのにそんな自分のこと卑屈《ひくつ》に言うなよ……それじゃ、俺……俺たちって——」

「ばか、落ち着け。そんときの話だろう」

これ以上こんな目で見つめられれば、どうなってしまうのかわからずに、汐野から目を逸らした。腰を浮かせた汐野の肩を軽く叩くと、膨れたまま上目に睨んでくる。

「そう思ってたんだよ。思っちまったんだ。俺はアイツじゃないのに、——そうなれないことがなんだか、ひどく自分の落ち度みたいで」

言葉を切り、じっと自分を見つめるきれいな瞳をもういちど真っすぐに見ると、その強さに少し臆したように、汐野は身体を硬くする。

気付くなよ、と祈るような気持ちになった。

「でも、俺のせいとか、誰かのせいとか……そんなんじゃないんだよな」

そう考えられる自分に変えてくれたのがおまえだとは、まさか言えなかったけれど、静かにもういちど、ありがとうと言った。

「なんでありがとうか、わかんないけど」

「いいんだよ。言いたかったんだから」

喉奥で笑うと、混乱したような表情をする。

汐野はおもしろい。なんの気なしにそう言うと、

「アンタはやっぱし、変」

と、ぶすくれた声で返された。

「変か。そうだな」

変だろう。

杉本はひどく自嘲的な気分になる。

変だろう。俺はおまえに触りたい。抱き締めたい。キスがしたい。

煙草をくわえたその唇の、味が知りたいと思っている。

ずっと覚えていた不安が形になってしまえば、もうそのあさましさに目眩がするほどだった。

「けどホントにさ。アンタのこと、俺、凄いと思ってるよ」

「やめてくれ」

話しかける声の甘さが、もう、この胸には苦しいほどなのだ。それを悟ることなく、汐野は続ける。

「照れることないじゃん。言うほうも、けっこう恥ずかしいんだから、照れるなよな」

小さく笑んだ瞳の信頼と、好意が痛い。

「なんだよ……黙るなよ」

うつむいたままの杉本の肩を、汐野が小突いた。

「疲れたんだ。いっぱい喋ったから」

誤魔化すように笑う瞳に、欲望は浮かんでいないだろうか。胃のあたりが冷えるようで、声がわずかに上擦った。

「一年分くらい喋ったかもね」

どうかこのぎこちなさを、昔話の照れと受け止めたままにしてほしい。

気付くなと願いながら、杉本は無理に笑った顔を片手で押さえる。

「いくらなんでもそれはないだろう」

(――好きだ)

「だってホントにいつも、必要なことしか喋んないじゃんか」

(本気で好きだ。いま、わかった。気付いちまった――でも、言わない)

「うるさいな。ところで風呂は？」

(一生言わないから。嘘をついてみせるから……どうかここから、逃げないでほしい……)

「あ、入る」

「先にいいぞ。明日、どうする。ほか、回ってみるか」

普段のように何気ない会話をつなぎながらも、彼の手のひらに隠された表情は重く――あと戻りできないほど、汐野へと傾いてゆく感情を、どうにも止められなかった。

＊　＊　＊

好きだと感じた瞬間、汐野の存在の鮮やかさから、もう杉本は逃れられなくなった。

感情表現の下手な彼は、平静な表情も声音も変わらずにいられることはこの際救いだったが、穏やかに変わらずに紡がれる日々のなかにフラストレーションはたまっていく。

汐野との生活は甘く、そしてひどく苦い。

胸のうち、秘めた片恋の、切なさそのままに。

遊佐と再会し、汐野への感情に明確な名前のついてしまったあの夜、過去の痛みを、情けなくも露呈《ろてい》した杉本に対して、汐野はその真摯な瞳を背《そむ》けることはなかった。

これは少し意外だった。つまらないことを気に病んでいる自分をこそ、認めることができなかった杉本に、彼は自分への好意と信頼をはっきりとした言葉で伝えてくれた。

意地っ張りでプライドの高い彼は、それでも意外にシャイなところもある。だからこそ他人を誉めることなど不得手な汐野が、懸命に紡いだ言葉たちに嘘がなかったことの証《あかし》であるように、斜《しゃ》にかまえる態度を取ることが、あれ以来は目に見えて減った。

もともと芯のところは情が深い、素直な性質なのだ。

いろいろと辛い思いをしたせいで、他人には用心深いけれど、いちど自分のテリトリーの人間だと彼が認識すれば、その甘さは破格なものがある。中嶋や高野に接するときと同じか、それ以上の親しみをこめて、杉本へ向けられる感情は、いつだか高野が「手放し」と表現したそのままの形を取って、惜しみなく眼前にさらされるようになった。

はじめてそれを耳にしてから、杉本を捕らえて離さなかったあの声も、このところ頻繁に見せるようになっていた笑顔も、緩やかにやさしい。

真っすぐに向けられる好意が、ただ痛い。

毎夜、背中ごしに聞こえる彼の健やかな寝息は、もはや拷問《ごうもん》以外のなにものでもなくなっていた。こんな感情は、きっと汐野にとっては裏切りに近いだろうと思えば、行き場のない遣る瀬なさにじりじりと焦がれるようだった。

そんな杉本の内心にはまるで関わりなく、日々は流れていく。

救いといえば、軌道に乗り出したバンド活動の忙しさに取り紛れ、そんな葛藤をいつまでも考えこんでいるヒマが、ほとんど取れないことだろうか。

恋に患《わずら》う時間などなく、それでもその対象から目を離すことの許されない現状がある。

話し合うことは幾らもあった。意見の相違や、考え方とその伝える言葉の違いさえ、汐野が相手ならばひどく楽しく、またその言葉のずれが少しずつ轍《わだち》を狭めていくような、感覚の共有意識は、安堵と同時に精神的な快感があった。

幸福といってもいい。

これ以上、望むことはないと思うのに、そんな杉本の心を裏切って、引きずり続けている、温度の高すぎる欲望は、収まるどころか却《かえ》ってひどくなっていくのだ。

いたずらに深みにはまっていくばかりと知りながら、忘れ方も、その諦め方も、杉本にはなにひとつとしてわからなかった。

S-CALLの店長である里井《さとい》から、そろそろやらないか、と言われたときに、メンバーは一様にきょとんとした顔をした。

「ワンマンだよ。もう十分だろう」

ええっ、と驚いた中嶋の顔には明らかな歓喜の色合がある。高野はぴう、と口笛を吹いて、浅黒い顔立ちに笑みを浮かべた。

汐野は、やはり淡い色の唇をわずかに弓なりにあげ、そして——すい、と杉本を見た。

「遅えよなァ?」

「よく言う」

醒めた声のやりとりをしたあと、汐野の唇が堪えきれないように引きつった。

嬉しいくせに、と視線で語ると、向こうずねを蹴りあげられる。痛い、と眉をしかめる杉本の顔もまた、堪えきれない笑みで弛《ゆる》んではいたのだが。

浮かれる一団を「ガキかっ!」と怒鳴った里井も、長い付き合いのせいか嬉しげである。

さっさと日程を決め、「ウチに恥をかかすなよ」と釘をさす彼は、余談であるがその後、INVISIBLE RISKの事務所の創設者として協力していくことになるのだが、このころから彼らに対し、某《なにがし》かの可能性を見つけていてくれたのかもしれない。

しかし話が具体化したところで、いくつかの問題が当然ながら浮き上がってくる。

二時間弱のステージをやりこなすとなれば、ボーカルの汐野がいちばんのネックである。ボイストレーニングは自己流でしか行なっていない彼は、いまひとつ喉が細い。最後まで歌いきることができるのか、本人から言いはしないが不安に感じているようだった。

そして問題の最たるものは、曲目がいまひとつそろわないことだった。

杉本が加入する以前のものをあわせれば、相当のストックはいちおうあるものの、近ごろの彼らが力を付けてきたせいだろうか、古い楽曲はいまひとつ鋭さに欠けるところがある。

ワンマンライブが決定してから、ほとんど毎晩のように、帰宅後の二人はリハーサルプランを捏《こ》ね回していた。

プロとは違ってそうそう下準備には時間も金もかけられないから、最大限効率のいい方法を取りたかった。

「これじゃ使えねえよ」

バンド初期の、ノリ一発、勢いだけでやってきた曲たちをあらためて聞き起こし、汐野はため息をついた。

「なんか俺じゃねえみてえ」

ふう、と目を見開いて嘆息する彼に、杉本は苦笑する。

「だいぶ変わったからな、おまえの歌い方も」

「そ――……かな、……そう?」

コンポからカセットを抜き出し、振り返った汐野の眼がどこかうかがうようで、杉本は自然、笑みを深くする。

「伸びが違ってきた。自分でもわかってるだろう。音域も広くなったし」

「アンタが腹筋しろしろってうるせえから」

誉められたことが照れ臭かったのか、そんなふうに言って口を尖らせてみせる。

発声の基本は腹筋だと、もとが体育会系の杉本に口うるさく言われ、汐野はなんのかんの文句をたれつつも、自己流ながら真面目にトレーニングは行なっていた。

「あー……でも、どうしよっかなあ、これじゃ一時間ももたねえよ」

レポート用紙に書き散らしたステージセットを睨んで、汐野はうなる。癇性にボールペンの尻をかじって、ちらりと上目に杉本を見た。

「――いくらなんでも、新曲ばっかりじゃ客が引くぞ」

ねだられることを先読みして釘をさす。諫める杉本の手にはギターが握られていて、今週中のノルマである新曲のメロディを、こちらも唸りつつ、いじり回していた。

わかってるけどさ、と呟いた汐野は、ペンを放り出し、そのままごろりと横になる。

「ちぇー……。バラード欲しいんだけどなあ」

「ん？」

独り言めいた汐野のつぶやきに、杉本以外の人間が見ても、おそらくはその意図するところはなにもわからないだろう、コード進行や暗号めいたものの入り混じったメモを書き散らしつつ、生返事をする。

「速いのばっかりじゃん、演れそうなのって。ラストにね、なんかメロディのきれいな、……そういうのもいいなあって思ったんだけど」

「いままでスローなのってあったか？」

ふと疑問に思って尋ねれば、寝転がったままの汐野と目があった。

もう秋も深まろうという時期なのに、彼は相変わらず薄着である。シンプルな木綿のシャツが汐野は好きで、首が細いせいなのか、タートルやスタンドカラーをひどく嫌う汐野は、仕事のとき以外にはいっそだらしないほど襟元をくつろげている。

「ないよ。そういや、歌ったことねえや、スローナンバー」

しどけないようなその姿に、近ごろではいい加減慣れっこになった――しかし平気になったわけではない――胸苦しさに襲われて、杉本はギターに視線を落とした。

「コピーとかでやったこともないなあ」

「そりゃ、どういう心境の変化だ」

自分のこういう心境こそ変化してしまってほしいと願いつつ、平坦な声で問いかけた。天井を見上げた汐野はクスリと笑う。

「わかんね。ああ、でも――」

言葉をきって、もういちど杉本に視線を戻した。その彼の動きにつれ、ほったらかしのまま、目元にかかるまで長くなった前髪が、さらりとこぼれる。

絹糸を流したような、くせのないストレートの髪は、出会った時分には首筋できれいに切りそろえられていた。

前の彼女が美容師だったとかで、いつもその女性がカットしてくれていたおかげで、散髪代はかからなかったとあっけらかんと言われたとき、杉本は呆れたような顔をしながら、やはりきしきしと身体のどこかが痛むのを感じていた。

うなじにやわらかにこぼれかかる不ぞろいな後《おく》れ毛《げ》は、むしろその頃よりも艶《なまめ》かしいような雰囲気を醸《かも》し出す。

ファンの子にも受けがいいようなので、とほったらかす汐野に「目に悪い、ちゃんとしろ」とは言いながら、内心には、自分が気に入っているものだから切ってしまってほしくないという、杉本の本音があった。

「でも、なんだ?」

ほんの一瞬見惚れてから、そっけなくさえ聞こえる口調で尋ねると、含むような笑い声がした。

「なんだよ」

こんな穏やかな空気は嫌いではない。ちりちりと焦げるような、こぼれそうな感情を持て余すことさえ、甘やかな汐野の声を聞いていれば救われるような気持ちになる。想いが激しすぎて、自身を傷つけている、そんな葛藤を抱えた杉本に、ふわりとした声で、汐野は言った。

「アンタの影響かもなあ」

手放したくない時間のために、身を食《は》む痛みは圧《お》し殺す。許している声を、曇《くも》らせないよう。

「影響？　どんな」

普通の声、普通の顔。けれど強すぎる瞳は隠せないから、話すときは自然うつむきがちになる。

「毎日聴いてるじゃん。染みちゃったかも、アタマに」

フレーズを爪弾《つまび》く杉本の大きな手を指差して、やさしい音だ、と呟いた。

やさしいのは、汐野の声の方こそだと杉本は思う。

「なにも出ないぞ」

さりげないはずの声が絡む。嘘は、苦手だから。

持てるはずのない期待を抱いて、端から壊す、そのひどい虚しさを誤魔化すように、杉本は吐息して立ち上がる。

「ちょっと、どけ」

「？」

寝転がった彼の脇を大股に横切り、壁面にあるＣＤラックの隅に押しこまれたテープを引っ張り出した。

「ん」

「なに？」

ラベルもなにもないそれを手渡され、汐野は大きな瞳で見上げてくる。

「やる。好きにしたらいい」

「空テープでしたなんて落ちはヤだぜ」

説明すらしない杉本に、汐野はそんな憎まれ口を叩いた。訝しげな表情のまま起き上がり、四つん這いのだらしない動作で、カセットデッキにそれを収める。

プレイボタンを押すと、しばらくはさらさらと砂のこぼれるようなノイズに混じり、日常で耳にするような生活の物音が聞こえた。

そして、すっと唐突にそれは始まる。

「あ」

思わず、といったふうに振り返った汐野に、杉本は小さく笑ってみせた。

いま彼らが耳にしているカセットの中身は、汐野にはじめて出会った夜に、杉本が酔いにまかせて作り上げた曲だった。衝動的に作り上げたわりには気に入って、フルコーラスまとめあげて録音していたのだが、機会がなかったために彼に聴かせることを忘れていたのだ。

「これ知らない……いつの？」

「ちょっと前」

しかしそんなふうに答えながら、忘れていたというのが本当なのか、杉本は少しばかり自分を疑う。

静かな表情で伏し目した汐野は、生ギターの温かみのあるフレーズと、杉本の声で口ずさまれるメロディに一心に耳を傾けている。

そっと盗み見るようにしながら、汐野の声で歌ってほしかったのだと、おまえのための曲だとは、やはり言えなかった。

きっともうあの瞬間に、杉本の中でなにかは始まっていたのだろう。そして、ずっと無意識にそれを彼の前に出すことがためらわれていた理由も、いまならばうなずける。

「うそ、いいじゃん……。なんでいままで黙ってたんだよ」

ぷつん、という音と同時に曲が終わり、それからしばらくして、ようやく汐野は口を開いた。その声はどこかぼんやりしている。もう一回、と巻き戻しては、プレイボタンを再び、三たびと押した。

よほど気に入ったものらしいと、杉本は嬉しさと照れの入り混じった気持ちのままに破顔する。

「だから、うっかり。まあ、機会もなくて」

詞を乗せるのは任せるといえば、汐野はめずらしく、ためらうような表情をした。

「いいのか？」

どうして、と聞き返せば、無防備な瞳が真っすぐに見つめてくる。

常になく言葉を選ぶような、たどたどしい口調で、汐野は核心をつく発言をした。

「なんか、……なんかさ。この曲、誰かに……凄く、言いたいことありそうな……気がしたんだけど」

流れるのは、甘いような、切ないような、スローナンバー。明確な歌詞はなく、ハミングのみであるのに、これが恋の歌以外のなにものでもないことは、耳にした誰しもが感じることだろう。

しかし、自分の気のせいかと尋ねる漆黒の瞳に、杉本は血の気の引く思いだった。

まさかその「誰か」が自分であるなどとは思いもしない汐野は、考えこむように生真面目に、その優美な眉根を寄せる。

「自分で歌詞つけるほうが、よくないか？」

うかがうように尋ねられ、いいや、と杉本は首を振った。

「いや、……苦手だから。まかせる。いままでもおまえが全部書いてきただろう」

「そうだけど」

まだなにかためらう汐野から、手元にあるメモに目を通すふりで、杉本は視線を逸らす。

「おまえにやるって……好きにしろって言っただろう」

秘密の露呈を恐れ、背筋が嫌な感じに痺れるほど、緊張を覚えているのに、杉本は自分でも呆れるほど、平静な声を出した。

「だから、おまえの曲だよ、それは」

すれすれの本音を呟くと、汐野はなぜか押し黙った。不審に思って、何気なく瞳をあげれば、不思議な表情を浮かべている。

冷静さを装うくせに、汐野の喜怒哀楽の激しさは、その大きな瞳に見つけられる。だがそのとき、そのこぼれそうな瞳は紗《しゃ》がかかったように霞んで、いままでには見つけることのなかった色合を読み取れずに、杉本は訝しむ。

「？　どうした」

問いかけると、はっとしたように「なんでもないけど」と首を振る。

「ホントにいいのか？　……もらっちゃって」

ああ、とうなずくと、ひどく嬉しげな表情になった。

ひりひりと疼く左胸奥。歪みそうな表情は、タバコの煙に言い訳を持たせることにした。

どうかこのまま、と祈るような気持ちで願うその危うさは、切なさに拍車をかけていく。

内心に渦巻く嵐のような感情と裏腹の、部屋の空気の穏やかさが、ただやるせなかった。

＊　＊　＊

イライラしたふうにタバコをもみ消した汐野に、杉本は常からの静かな表情はそのままに、剣呑な視線の気配だけで凄んでみせる。

「できねえ」

異様な迫力の杉本と、不貞腐《ふてくさ》れた子供のように吐き捨てた汐野を、中嶋と高野は、はらはらしたような表情で見守っている。

通い慣れた練習スタジオのなかは、杉本と汐野の間に起こる不穏な空気に包まれている。

話が決まってから何度も繰り返したワンマンライブのためのリハーサル練習で、ライブ当日までもう残すところ二週間強に迫り、どうにかこうにか、一通りは形になってきた。

しかし、である。

「だからこのキィ、高すぎるって言ってんじゃんか。コード変えてくれよ！」

駄々っ子のようにわめいた汐野に、杉本はにべもなく「駄目だ」と言い放つ。

「だいいち、おまえが歌いたいって言ったんだろうがこの曲は」

ラストナンバーのバラードの、サビの部分がどうしても歌えないという汐野の言い分については、杉本は頑として譲らなかった。

いまの汐野の音域と声量では難しいこともわかっていながら、譲れなかった。

この曲のタイトルを「Ｅａｕｘ」と付けたのは、作詞を担当した汐野だ。さらさらと透明できれいな、そんな水のイメージなのだと言いながら、彼にしてもごくめずらしいような、甘い言葉の多い、けれどその恋が摑めないでいる、そんな切ないラブソングになった。

心境を言いあてられたような気分で、ひっそりと苦笑した杉本は、だからこその思い入れも強くて、ほんのわずかでも、フレーズもメロディも、変えたくはなかったのだ。

「出ねえもんはしょうがねえだろう！」

「地声で駄目だったらファルセットでもなんでもいいから出せ！　歌え！　俺は絶対に変えないし、譲る気もない！」

曲が仕上がってからこっち、ほとんど毎日のように続いているこの言い争いのせいで、あまりセンチメンタルに浸る暇《いとま》がないのは、この場合救いかもしれない。

「なにがどうでもこのまま歌えっ！」

「でーきーねーえッ！」

怒鳴る、ということのあまりない杉本の腹に響く声に、中嶋は戦々恐々とした体《てい》で首をすくめ、高野は苦笑いを浮かべるしかない。

「俺はできると思ったから言ってるんだ、やれるように努力しろ、努力を！」

やってるじゃないか、とわめく汐野に、杉本は冷たい一瞥を投げる。

「結果が出てない」

小さく、しかし冷徹に告げると、汐野の顔が怒りに紅潮する。

「っの、ガンコジジイッ！」

悪態は無視して、知ったことかと背中を向けた。

険悪になるばかりの雰囲気に、ほとほと困り果てた中嶋は、「まあまあ」と疲れた声を出した。

「もう時間ないんだしさ、……お開きにする？」

「だな。これじゃもう、今日は無理だろ」

時計を見上げてため息をつきつつ、賛同した高野の声に、ぎっ、と汐野は凄むような視線を投げた。

「しょーがねーべや、ホントに時間だもん。杉本サン、もう上がっていいよな？」

「しかたないだろうな。悪かったな、高野、中嶋」

いっすよ、しょーがねえっすよ、と杉本を囲んで妙に和んでいる一団に、汐野のぴりぴりした苛立ちは伝わっていたが、杉本はあえて気に止めないようにする。

「勝手にしろバカヤローッ！」

自分のギターとデイパックをひっつかみ、防音ドアを蹴破らんばかりの勢いで、汐野は出ていった。

「──」

肩を大きく上下させてため息をつく杉本に、高野の肉厚の手のひらがかけられる。

「ま、ほっとけばアタマ冷えるからさ。アンタもちょっと落ちつけって」

「すまん」

「いーのいーの。だいたい、杉本サンは普段が甘いんだよ。だからちょっと思うようにならないと、不貞腐れんだわ」

「そっすよ。ちっとくらい言ったほうがいいですよ、杉本さんならなんでもできると思ってるから」

つけつけと中嶋までもが賛同する。

なあ、しょうがねえよな、お嬢ちゃんは、と言う高野に、なんだか情けないような気持ちになった。

「甘いのか？　俺は」

うかがうような声音になった年上の男に、中嶋と高野は目を丸くし、苦笑いを浮かべた。

「あいた。自覚ないんか、アンタ」

「そーなるとあれも自業自得っていうか…」

はあ、と顔を見合わせる青年たちに、返す言葉もない。

なんとも言えない気分になりながら、薄茶色の前髪をかきあげながら、それでも気になるドアの向こうへと、無意識に瞳が向けられる。

そうは言いつつ、汐野に甘いのはここにいるほか二名も同じことらしく、「フォローお願いします」と中嶋が笑って背中を押した。

「俺がか」

嫌そうに顔の歪んだ杉本に、まるで子犬のような、毒のない丸い瞳で笑いかける。

「そ、です。杉本さんが」

案外に押しの強い中嶋の指に力をもらい、のろのろと鞄を肩にかける。

多少事情を知る高野だけが視線で「ご愁傷《しゅうしょう》さま」と伝えてくる。もうなんと答えたらいいものかわからず、だるい指先を振ってみせながら、「了解」の旨を伝えた。


スタジオを出ても姿の見えなかった汐野は、帰りついた自室でふて寝をしているところだった。

着のみ着のまま、畳の上にくるんと丸まったその姿は、本当に猫の寝姿のようだ。

「風邪引くだろうが」

むすっと眉を歪めたまま眠りこむ姿に知らず笑みを誘われながら、ずり落ちている布団を引っ張りあげてやる。

むずがった細い腕も、布団のなかに入れてやってから、はたと、これではまるっきり子供扱いだ、と気付き、さすがに杉本は失笑した。

こういうところが甘いのだと、彼らに笑われてしまうのはわかっていても、仕方がないと笑みを深めた瞳にひそむのは、あきらめを含んだ切なさだ。

彼のためにならなんでもしてやりたい。

力ない自分の、どうあがいても二十歳の若造でしかない杉本の、できる範囲のことしかきっと、してやれないだろうけれど。

無意識にのびた指が、さらりとつやのある黒髪に触れた。眠っているとき、こんなふうにさり気なく触れることさえきっと卑怯なのだ。

普段冷たい自分の指先に、あふれてこぼれそうないやらしいほどの熱が渦巻いていることなど、この無防備に眠るきれいな猫は、なにひとつ知りはしないのだろうから——。

「ん？」

ぴくん、と細い肩がゆれて、長い睫毛が震える。きれいな黒い双眸が、ぼんやりと杉本を眺め、やがて焦点が合えば、また不機嫌そうな表情になる。

「寝るなら、風呂入って、ちゃんと着替えろ」

そっけなく言いながら立ち上がる。うにゃ、と唸るその声は、まるっきり猫のそれのようだ。

むっとした顔のまま上半身だけむくりと起き上がった汐野は、寝乱れた髪をその細い指でくしゃくしゃとかき回した。

「なあ」

かすれた寝起きの声はぼんやりとしていてどこか扇情的だ。じりじりする感覚を押し隠したままの杉本は、平素と変わらない表情で「なんだ」と返す。

フォローを入れろといわれても、じっさいどうすればいいのかわからない。

へたに下手に出てしまうのは、押しこんだ下心のせいのような気がして、どうもあまりストレートにやさしく接してやれないのだ。

「あれ、本当に変える気ない？」

「ない」

唐突でストレートな質問に速攻で言い返せば、尖らせた口の中でなにやらブツブツと言っている。嘆息して、杉本は着替えを取り出した。

「風呂、先に入るぞ」

「うー」

こっくりとうなずく動作が大きい。もしかするとまだ半分眠っているのかもしれないと思いつつ、杉本は長い足で部屋を横切った。

風呂から上がると、汐野はヘッドホンをして座りこんでいた。狭い部屋なので、ちょっと詰めろと傍らに腰を落としながら、杉本は髪を拭う。

同居する以前にはまだスペースのあった隣室の四畳の部屋は、杉本と汐野のギターや器材に埋めつくされ、ほとんど床面が見えなくなっている。玄関までの通路分がようやく開いているくらいで、杉本も汐野も、どんなに気まずかろうがなんだろうが、この狭苦しい部屋で生活をするしかないのだ。

もう寝るぞ、と部屋の中央にある背の低いテーブルをよけ、布団を引っ張り出すと、汐野はヘッドホンを外し、杉本に声をかけてきた。

「話、あんだけど」

「［Ｅａｕｘ］のことなら、答えは一緒だぞ」

視線さえあわせないままの杉本に、わかってるよ、と汐野は吐息混じりに言う。

「でもホントーに、自信ないよ、俺。結果出てないって言うけど……本当に、頑張ってるつもりなんだけど」

はあ、とため息をついた汐野に、さすがに言いすぎたことを認めている杉本は、悪かったと告げた。

「あれは……言葉が過ぎた。べつにおまえが手を抜いてるとは思ってない」

「いーよ。俺だって、結果が出なきゃ努力なんかクソだって思ってるしさ。だから、さ」

細い足を抱えこみ、膝頭のうえに小さな頭を乗せる。

その仕草で、ああ、案外これは真面目に落ちこんでいるかもしれないなと杉本は感じた。心《こころ》許《もと》ない気分になるとき、彼はこんなふうに子供のように膝を抱えこむ。

なにかから身を守るように。

誰にも傷つけられないように。

「あの曲好きなんだ。駄目にしたくねえんだ。俺の声じゃ……でも、なんか」

うまく考えがまとまらないような、そんなふわふわした声で汐野は喋る。

「ちょっと、プレッシャー感じちゃって」

自信家の彼とも思えないその言葉に、杉本はわざと呆れた声を出した。

「らしくないだろう」

「だなあ。らしくもない。かっちょわりー」

そのうなだれた首筋が細くて、不意に抱き締めたい衝動に襲われた杉本は、苦く息を呑む。

頼りなげな目元を、この胸に引き寄せて、ただただ優しくしてやりたくなる。

甘い、なんてきっととんでもないことだ。胸のなかの高野と中嶋に杉本は嗤う。

きっと自分が本気でそうしたら、この男が駄目になるくらいに甘やかす。蜜を溶かしこんで、どろどろに煮詰めたような蕩《とろ》けた熱の中で、なにもわからなくさせてしまいたい、きっと、本当は。

けれどそれは、汐野を失うことだろう。

このプライドの高さと、差し出された手を撥《は》ね除《の》ける力強さこそ、彼の存在を鮮やかにする一因であるのだから。

「だったら、やめればいいだろう」

思うとおり、冷たい声が出た自分に、杉本は満足する。

びくりとすくんだように肩先を震わせた汐野は、しかし視線を強くきらめかせた。

「なんだよ、それ」

「言ったとおりだ。俺は変える気がない。おまえは歌えない。だったら――」

最後まで言いおわらないうちに、杉本の襟元が華奢な指先に捕まえられた。

かかった、と胸のなかだけでほくそ笑む。

「ふざけんな。俺はやめるなんて言ってねえ……！」

至近距離にある汐野の瞳は、ぎらぎらとした憤りに燃えている。

呑まれそうな自分を知りながら、いっそ冷酷なほど杉本は言い放つ。

「じゃあ、どうする。できるのか。やるのか？」

こんな言い方をされて引く相手ではないことなど、重々承知のうえのその言葉に、汐野は乱暴に襟首を振りほどいて宣言する。

「やるよ！　やってやらあ！　なんだよ偉そうに言いやがって、見てろってんだよッ！」

がっ！　と怒鳴った汐野の激しさにはまるで頓着せず、杉本はそれまでの挑発するような視線をふっとやわらげ、穏やかに言った。

「わかった」

まだ睨み付けていた汐野は、一瞬ぽかん、とした表情になる。

「じゃ、コード変更もなにもなしってことで。よろしくな」

「あ――……うん、……って、ま、待った！」

杉本がごくごく穏やかな口調で決定事項を告げれば、うっかりうなずきそうになった自分に、ようやく彼は気付いたらしかった。

「ちょっとっ……！　アンタそれ卑怯じゃん！」

「なんだ？　なにがだ」

じゃあ俺はもう寝るから、お休みと、布団に潜りこんだ杉本のうえに、

「待てってば……！」

わめく細い身体は、なんと馬乗りになってきた。

（……げ）

内心の焦りは、冷汗となって滲む。

「寝るなよ、なんだよ！　結局アンタの言うとおりってことじゃんか！」

「夜中だぞ、わめくな。うるさい。重い」

（夜中だぞ。二人きりだぞ。それでもって布団のうえなんだ。なんかされても文句言えんぞおまえ）

すり替えた本音で注意を促せば、渋々とおとなしくなる。

「頑張れ。できるから」

背中を向けたままぽそりと言えば、「ずっこい」と軽く蹴りを入れられた。

「蹴るな。痛い」

文句を言っても、爪先はずっと杉本の背中に当たっている。苦い顔で布団から顔を出せば、不貞腐れているとばかり思っていたのに、奇妙に真面目な表情の瞳に行き当たる。

「どうした?」

引きこまれそうで、ひっそりした声音で問いかけると、やるから、と彼は呟いた。

「そのかわり、アンタコーラス入れてくんない?」

「え?」

なにを唐突に、と言えば、思い付きじゃないぞとふくれた。

「テープずっと聴いてて、いつも思ってたんだ。アンタの声、バックで絡めたらきっといいと思う」

いつも曲を作ったとき、譜面を読めない(汐野は読まない、のほうが正しい)メンバーのために、たいていはフルコーラスをダビングして、メロディ部分は鼻歌のような杉本の声で歌っていた。

「サビのとこ、半音あげて、やってよ」

「ライブでか!?」

冗談だろう、と目を丸くした杉本に、生真面目に汐野は「お願いだから」と言い募った。

「俺ひとりじゃ、やっぱり心許ないからさ。頼むよ、なあ」

眉をよせ、少し気弱そうに上目遣いにするこれが、彼の手なのだとはよくよくわかっている。

わかっては、いるのだが——。

「人前で歌ったことなんかないぞ、俺は…」

「だいじょーぶって！ できるって！ なっ！」

こんな笑顔に逆らうすべを、誰か教えてくれないものだろうか。

「しかし」

「やろうよ、なあ、やりたいんだけど……駄目か？」

苦り切った顔のまま、しかし。

もはや立場の逆転を、受け入れている自分がいるのだ。


納得するまで寝かせない、としつこくせがまれ、睡魔と熱意とどうにも汐野を甘やかしたい自分の悪癖に、杉本は根負けした。

空が白むまで話し合った結果、けっきょく、サビの部分はコーラスというよりもツインボーカルのようなノリでいくことになった。

翌日また練習のために顔をあわせて、仏頂面の杉本と裏腹にやたら機嫌のいい汐野に、けっこう心配していたらしい中嶋と高野は「なんだかわからん」という顔をする。

「アンタやっぱ、甘いんじゃねえのか？」

コーラスを入れることになった顚末は省いて、実行する旨だけを伝えれば、高野は呆れたような同情するような声で、そんな感想を洩らした。

練習のあと、スタジオ横のファーストフードショップで打ち合わせをかねて軽い食事を取った。

コーヒーをすする高野は、ボックス席がなかったために無理無理座っている、壁面カウンターのスツールふうの椅子が窮屈らしく、落ち着かない様子で足を組み替えた。

「かも、しれない」

ため息をついた杉本に、高野は「やれやれ」と苦笑する。

ちらり、と視線を投げた彼は、その背後で中嶋と汐野がギターアレンジについて白熱しているのを確認し、そっと杉本に耳打ちする。

「最近、眠れてる？　杉本サン」

その言葉に含まれたものに気付いても、もう否定するのも馬鹿馬鹿しい。もともとあまり、嘘は得意ではないのだ。

具体的に言葉として言ったことはなかったが、高野は杉本の心境をほぼ明確に摑んでいるようだった。やけくそ半分、秘密の重さを誰かに持っていてほしい気持ちも半分で、高野と二人でいるときのこの手の会話には、案外杉本は素直に乗るようになっていた。

「顔を見て言ってくれ」

「あーあーあー……ねえ。ご苦労さん」

差し出されたタバコを一本失敬しながら、もう誤魔化す気力もなく杉本はうなだれた。

どうもけっこう杉本は本気らしいと、高野は知っていても、かつて打ち上げのあと言ったように、彼は本当に偏見はないらしい。却って茶化すような言動は減り、真面目に友人の恋愛相談に乗るつもりがあるらしかった。

「で、アッチはわかってない……ないな、あれは」

同情するわあ、と彼までもが情けない声を出し、杉本は思わず苦笑する。

「なんでおまえ、そこまで心配するんだ？　べつに俺はケダモノじゃないつもりだが」

軽口めいた杉本の言葉を意外そうに聞き、そのあと彼はにやりと笑ってみせた。

「アンタがケダモンだったら、オレぁ黙ってねえって。だいいち逆だから、心配するんでしょー？」

だからなぜだと問いかければ、にやにやするまま答えなかった。

「なんかまだるっこしくって、たまにムカつくよ」

くわえ煙草の語尾は崩れ、荒っぽく髪をかき乱す彼の言葉は、口調とは裏腹に真面目なものを含んでいた。

「そうは言っても、どうしようもないだろ」

ひそめた苦い声で答えると、背後では中嶋の子供っぽい笑い声がする。切れ切れに聞こえる、汐野の声もなごんでやわらかい。

幼いほどに。

「あんな調子だ。どうにもならんよ」

「そーかねー」

ぐしゃぐしゃともみ消したタバコをアッシュトレイに捨て、また新しい一本をくわえた高野は、火をつけないままのそれを上下に振った。

そしてぼそりと、とんでもないことを言う。

「オレぁ、アンタにゃやっちまう権利あると思うけどねえ?」

「……!」

ぐっ、と飲みかけのコーヒーを喉につまらせ、杉本はむせた。わりいわりい、と高野がその背中を遠慮なく叩いてくるので、余計に咳きこむ結果になる。

「無責任に煽るなって言ってるだろうがっ……!」

「いや、申し訳ないっす。杉本さん」

ふざけた口調で片手をあげ、拝んでみせる高野に、涙の滲んだ目元を拭った。

そんな様子とは逆に、なにか言いたげな彼の眼差しから、吸いさしのタバコを指先に挟んだまま、杉本はふいと視線を逸らす。

「――どうしようもないんだ」

重く強ばった声に、高野もまたため息する。

「ないかねえ」

「そうさ」

ふと振り向いた視線の先、こちらの様子にはまるで気付いていない汐野がいる。目があって、小さく笑いかけてくるその素直さが後ろめたい。

「必死なんだ、これでも、俺は。考えないようにするので、精いっぱいだ」

高野はもうなにも言わず、深くタバコを吸い付ける。

しばらく沈黙が続いたあと、汐野が、もうそろそろ、と声をかけてきて、長身の二人はのっそりと立ち上がった。

「アンタが嫌なら、もう言わねえようにするけどよ」

並んで歩き出す瞬間、ぽそりと高野は囁きかけてきた。

「オレはアンタ次第のような気はしてんだ。そんだけ、覚えといてくれや」

答えられず、杉本は曖昧に笑う。

(それは違うだろう、高野)

あの気高い猫が、この手に落ちてくることなど、絶対にあり得ないと、杉本は幾度言い聞かせたかわからない言葉を胸のうちに落としこむ。

あさはかな期待を抱けば、その分だけ辛い。

捨てきれない想いをどうにもできないのは、たしかに自分の女々しさからだろうけれど――。

「おっせえよー、杉本ー！」

「いま、行く」

無表情の仮面の下、ひっそりとそう思い詰める杉本は、交わらない平行線がこのまま続いていくことを、疑いもしない。

関係性の力の均衡が、思わぬアクシデントによって崩されることなど思いもよらぬまま――汐野のために覚えた穏やかさを身にまとい、静かに彼の待つ先へと歩きだした。

＊　＊　＊

ラックのうえの置き時計を見上げ、杉本は少し苛立ったように煙を吐き出した。

嫌な夜だ、となぜだか思う。

夕方から降りだした雨足は早まるばかりで、しんと湿った冷たさは部屋の中まで染みいってくるようだった。

もういちどちらりと時計を眺めると、日付が変わってからもうだいぶ経つことを杉本に教えてくれる。

「遅い」

もう終電の時間も過ぎたというのに、汐野は、まだ帰宅していなかった。

汐野はこんなふうに遅くなるとき、戻るにせよどこかに泊まるにせよ、「居候だから」と笑いながら、まるで仕付けの厳しい女子高生が親に連絡を入れるかのように、こまめに杉本に連絡を付けるのが常だった。

なんの連絡もよこさないままこんなふうに遅くなることはいままでになかった。

汐野もその辺の小娘ではないのだから、そこまで気を焼くことはないと、わかってはいても杉本は心配になる。

ライブまではあと一週間をきった。この冷たい雨で、彼が風邪でも引いたら元も子もない。

そんな言い訳を思いつき、いっそ駅まで迎えにいこうと腰を浮かせたときだった。

（……帰ってきたか）

聞き慣れた軽い足音が、彼の帰宅を報《しら》せてくる。数秒後、コン、と軽いノックの音がした。

「いま開ける」

どこかほっとしながら答えて、ドアを開いた杉本は、そのままその場に固まった。

「だいま」

弱い声でうつむいた汐野は、濡《ぬ》れ鼠《ねずみ》だった。

きれいな黒髪からしたたった雫《しずく》が、狭い土間のコンクリートに染みを作る。

「おまえっ……なんだ、ずっと濡れてきたのか⁉」

「カサ、持ってなかった」

とにかく早く入れ、とタオルを差し出しても、受け取ろうとしない。

「汐野？」

声をかけてもいらえがない。黙ったまま靴ひもを解きはじめた汐野を見下ろし、ようやく、うつむいたままの彼がいちども杉本の目を見ようとしないことに気がついた。

「どうしたんだ」

靴下を脱ぎ、部屋に上がっても、べったりと張りつく長い前髪のせいで汐野の表情が読めない。癇性に引き結んだ口元で、答える意志がないことを杉本は知り、眉間にしわを寄せた。

「とにかく、風呂に入れ。ほら」

ひどく痛々しい強ばった表情が見ているだけでも切なくて——頭からタオルをかぶせ、なんの気なしに肩を叩いたその瞬間。

「さ……わる、なっ！」

怯えたように叫んだ汐野は、過剰なほどに身体を震わせた。

「……！」

あまりにもあからさまな拒絶の態度に、杉本はすっと胃のあたりが冷たくなるのを感じた。

しかし、はっとなったように、ごめん、と呟いた汐野に、なんとか平静を保つよう努める。

「どうか、したのか」

大丈夫。見透かされているはずがない。昨夜まで、なにもなかったんだから―― 自分に言い聞かせながら、ことさらやわらかな声で問いかけ、顔を覗きこむと、濡れた髪の隙間から、泣きだしそうな瞳が光っていた。

「汐、……!」

驚いた杉本が声をかけるより早く、細身の身体はくるりと背を向け、風呂場横の洗面所に駆けこんだ。

「―おいっ!」

見たこともないような弱い、傷ついた瞳に胸を摑まれ、一瞬出遅れた杉本もそのあとを追う。乱暴に上着を脱ぎ捨てた汐野は、洗面台に頭を突っこみ、強くした水流で首筋を洗っていた。身体を洗う化繊のタオルでひどく荒くこすられ、やわらかな白いうなじはみるみる荒れて、血の色に染まっていく。

「やめろ、おい、どうしたっ!」

「っ!」

尋常でないその様子に、背後から杉本が顔を上げさせ、タオルを奪う。もがき、杉本を睨み付けた彼は、皮膚を掻き破りそうな勢いで自分の首筋に爪を立てた。

「やめろ、汐野っ……よせ！」

「とめるなよっ！」

両手首を摑み、壁に押さえ付けるようにして抵抗を封じたときには、跳ね上がった飛沫《しぶき》で杉本のシャツも濡れてしまっていた。

出しっぱなしの水の音だけが響く、狭い脱衣所の中で、ぎりぎりと二人は睨み合う。

「なにがあった」

長い間をおいても、まだ荒れた息のまま問いかけると、汐野はひくっと息を呑みこんだ。

嚙み締めた唇は震えていて、哀れにさえ映る。

「なにが、あった？」

重ねて問いかけながらふと、汐野の腕からは、押し返すような力が抜けていることに気付いた。やんわりと外すと、摑みしめれば杉本の指が余るほどに細い手首は、くったりとくずおれ、彼の力ない身体の傍らへとおりていく。

壁にもたれるようにたたずむ彼を解放し、蛇口をひねって水を止める。

「風邪、引くだろう」

床に落ちたタオルを拾い上げ、乱暴に髪を拭ってやる。

答える気がなければ仕方ない、と杉本がため息をついたときだった。

「触られた」

タオルの隙間から、冷えて色の失せた唇がぽつりと言葉を紡ぐ。

「──また、か」

吐息混じりになったのは、呆れたせいではなく、嫌な気分にまかれて焦げそうな胸をなだめるためだった。

「バイト、クビになった」

「やめちまえ。我慢することないだろう、そんなの」

どこかつっけんどんに言いながら、むかむかとこみ上げるものを必死で杉本は呑み下す。

杉本の大きな手に髪を乾かされるまま、汐野は憑《つ》かれたように喋り続ける。

「殴っちゃった……だって……なんべんも、触るから、俺、気をつけてたのに」

「わかってる。おまえが悪いんじゃないだろう、痴漢なんて」

杉本は言いさし、こんなふうに言える立場ではない自分のことを胸の中で嗤う。

「ここんとこ、ずっとばたばたしてて、ちょっと疲れてて…後ろにいるの気がつかなくってて っ……畜生……っ」

切れそうなほど嚙み締める唇も、杉本の手のひらに納まってしまう薄い肩も、ガタガタと震えている。

もういい、思いだすなと諫《いさ》めた声が聞こえないように、杉本の胸元のシャツをすがるように握り締めてくる。

「気がついたら後ろから……っ！」

擦りたてたせいで赤くなっている首筋を、汐野はまた引きむしる。杉本がその手を摑むと、嫌々をする子供のように首を大きく振った。

「汚い……！　舐めて、キスされて……殴ったけど！　蹴ったけど、その間に、む、胸とかっ……めっちゃくちゃ触られた……！　……チクショウ、気持ち悪い……っ！」

思い出したのか、焦点の合わない瞳で引きつった笑いを洩らす。杉本がその相手であるかのように、叫びながら、暴れるのを、やり場のない怒りと冷えた嫉妬《しっと》に焦《こ》がされるまま、杉本は受け止めた。

「―やめろって言ってるだろう！」

業《ごう》をにやして、両肩をとらえたまま怒鳴り付けると、びくん、と硬直する。

ガタガタと震えているのが、憤りのせいだけでもなく、恐かったからなのだろうと――杉本は思った。

「終わったんだろう。もう、やめたんだろう。だからもう、こんなことはないから、落ち着け」

ひっそり、嚙んで含めるように静かに言えば、瞳のなかの怯えが薄れる。

「大丈夫だから、落ち着け。わかったな？」

瞬いた瞳は潤んで、いまにもこぼれそうだった。このまま抱き締めてしまいたい衝動を堪《こら》えるのは、かなり骨だったけれど、傷ついた彼の表情に、そこまで追い詰めることは、やはり自分にはできないと思う。

軽々しく、彼に触れた男は、いったいなにを見ているのだろうか。こんなふうに傷つけて、許されるような汐野ではない。

そんなことを思えば、杉本の瞳に一瞬浮かんだ剣呑な光は、殺意に近かった。きっとその場に自分がいたなら、相手の男になにをしたものかわからない。

血気走りそうな感情を堪え、大きく肩で息をつく。汐野の拳は青ぐろく腫《は》れていて、かなり手加減ぬきで張り倒したことが読み取れた。

「とにかく、風呂にはいっちまえ。な?」

「うん」

ごめん、と呟いた頬がわずかに赤い。感情をぶつけたことに照れる余裕があるのならば、大丈夫だろうと杉本もほっとする。

とはいえ、背を向け、濡れたTシャツを脱ぎ捨てる汐野が目の毒なことに変わりなく、さり気なく脱衣所をあとにしようとした杉本は、彼の濡れた肌に血が滲《にじ》んでいることに気がついた。

「おい……こら、汐野」

「え?」

振り向いた汐野は、自分では気付いていないようだった。舌打ちし、血が出てるぞと告げると、却って驚いたように手をあててみる。

「うあー……ほんとだ」

指先についたそれを見て眉をしかめる汐野に、杉本はいっそ呆れた。彼の背後に回り、見せてみろ、と言うと素直に首筋の髪をかきあげる。

「バカが。こんなにこすらなくたっていいだろうが」

首筋は腫れたようになり、血が滲んでいる。爪で引っ掻いたせいだろう。濡れているせいでひどいように見えたが、至近距離で眺めればそう大したことはなかった。

「気持ち、悪かったんだ」

指先の血をじっと眺める汐野の、むき出しの肩が頼りなげで、息が苦しくなる。向かいにある鏡の中で、どこかぼんやりした汐野の表情と、結局いつもと大差ないような、不機嫌な自分の顔が映っていた。

これではわかるものもわからないだろうなと、なにをとは言わずぼんやりと考える。

「上がったら、薬塗ってやる。きっとしみるぞ、これ」

鏡ごし、うわ、と顔を顰めてみせた汐野の首筋をなんの気なしに指でたどれば、びくん、と肩をすくませた。

「あ、悪い、痛かったか?」

その反応に、やはり怯えられているのかと肝を冷やしながら問いかければ、返事がない。

「汐野?」

気遣うように、そっと声をひそめると、また小さな震えが肩にかけた手のひらから伝わってくる。

そして、ふと気がつけば、冷えて強ばっていた肉の薄い背中が、刷毛《はけ》ではいたように赤く染まっていく。

「汐野……?」

その鮮やかな変化に目を奪われた杉本が、鏡を覗きこめば、目を見開いたまま、頰を火照《ほて》らせる彼の姿があった。

「…」

心臓が、なにか鋭いものを打ちこまれたように痛んだ。そして、急速に速まっていく鼓動に、杉本は引きつったような声を出す。

「痛い、のか?」

「ちがう」

か細いような答えがあって、無意識のまま杉本はその両肩に手をかけ、包みこむ。

脱ぎかけのTシャツに、半ば顔を埋めた汐野の、その表情は嫌悪ではなく——。

(落ち着け……)

先ほど彼に繰り返した言葉を、自分に言い聞かせてもみる。何度も、何度も強く。

しかし、そんな心とは裏腹の身体は、彼の肩先を包みこんだ指先の力を強くするばかりだ。

「痛くないのか」

「だ……だいじょぶ」

耳元に囁くのは、かすれた声になった。汐野はびくりと震え——小さく首肯き、焦ったように早口でまくしたてる。

「へ、平気だから……いいよ、もう。あとで、自分で……自分で、手当てする。悪かった、ごめん」

「汐野」

恐がっている。そう感じた。

それなのに、汐野は自分からは振りほどこうとはしない。

なぜ?

「ごめん、離して」

どうして、こんなにも頬を赤らめるのか。なぜ動こうとはしないのだろう。杉本は、膨れ上がった鼓動の音に耳をふさがれ、思考回路がおかしくなっていく。

「杉本……離せってば……!」

泣き出しそうな声が、鏡の向こうのきれいな顔から聞こえても、まるでそこに貼りついてしまったかのように、なめらかな肩から指先を剝《は》がせない。

彼が喋るたび、濡れた後ろ髪がその微妙な振動で揺れていた。赤く筋を引く、傷口の上で。

(痛いだろうに)

「っ!」

なにも考えられないまま、杉本はそっと唇を近付けた。

舌先に、少しふくれた皮膚のざらりとした感触と、さびた鉄の味が広がる。

「い、や」

汐野は瘧《おこり》のように震えだした。両肩にかけていた手は、知らず包むように背後からまわされ、戒《いまし》めるように華奢な身体を抱き締める。

どこか遠くで、やめろ、という声がした。腕に抱き取った彼からではなく、自分の頭の中から響くようだった。

「はな……して」

震える声に、そっと唇を離すと、包まれた腕の中で、細い肩先をかばうように自分で抱き締めている。

「汐野」

傷ついたうなじを、杉本が欲望を隠せずあからさまに舐め上げても、彼は嫌悪の色を浮かべることはなかった。

それどころか――。

「見るなよ……見んなってば……!」

身を捩《よじ》り、高ぶってしまった身体を隠そうとするように、腕の中でもがく。もう、とうに気付いてしまった杉本は、裸の肩口に顔を埋めた。

「ど……どう、して?」

いまのこの情況を信じたくないのか、不思議そうな――けれどやはり怯えた声で、汐野は問いかける。

「どうして……アンタが、こんなこと、してんの?」

「――」

問いかけには答えないまま、ゆっくりと身体を反転させる。向かい合い、茫然とした表情で、自分へと伸べられる友人だったはずの男の腕を、汐野は眺めていた。

「あ……っ」

細い足を膝で割り開くと、ひくっ、と息を呑んで顔を引きつらせる。

「汐野」

耳元に注ぎこんだ声にも、彼はびくりと震える。

「なんで……?」

両手で、腰を包む。あと少しで指が回ってしまいそうに細い、その感触はいままで知らなかった。

「なんで……なあ、なんでだよ……っ！」

そのまま、なめらかな体側を這い上がる指。汐野は、なぜ、と言うばかりで、ただ立ちすくむのみだ。

「俺を、殴れ」

地を這うような、恐ろしく低められた声がした。自分の声だとは、にわかに信じがたいような重く、硬い声音だった。

「拒んでくれ……汐野」

止められない。自分では、もう、戻れなくなってしまった。

必死に隠し続けた心情も、保ち続けたバランスも、その苦い努力さえ打ち棄《す》てて、後悔をすることも――わかっているのに。

はじめて触れた汐野の肌は、毒なほど指先に甘い。

「なに言ってん」

「――頼むから！」

怒鳴り付けるように言いながら、そのまま強く胸に抱きこんだ。

「俺を、止めてくれ」

勝手な言い分を聞かされて、それでも動かない汐野に、焦《じ》れるような気持ちばかりが高まった。きつく戒めたせいで、触れあった頬のいたいけなほどのなめらかささえ、杉本をいたずらに煽るばかりだ。

じっとそのまま、動けなくなった二人の均衡を破ったのは、汐野の声だった。

「だから。訊いてるんじゃないか、……俺が」

ぶらりと投げ出されていた腕が、杉本の肩にかけられる。

「わかんないから……なんでって、さっきから……なのに、なんで答えてくんないんだよ！」

シャツを握る細い指に、すがるような力がこもる。

まるで、杉本を抱き締め返すかのように。

「なんでこんなことすんだよ、アンタ……なんで……！」

熱をもって傷ついた、細い首筋をとらえて、一層きつく抱き締める。汐野が喋るたびに動く唇が、杉本のそれの、ほんの数ミリ先にあたっている。

いますぐに吸い付いてしまいたかった。けれどその勇気はなくて——そうして、自分を、最低だ、と罵《ののし》りながら。

もうどうしようもなくなっている汐野の熱の中心に、指をかけた。

「ッ！」

がくん、と揺れた腰を強引に引き寄せながら、張り詰めたそれを手のひらで撫《な》でる。

壁ぎわに追い詰められ、逃げ場のない汐野の濡れそぼったジーンズは脱がせにくかった。拒まれないことに、自惚《うぬぼ》れるような余裕はなかった。逆に冷えていくばかりの、身体のどこかがひどく痛くて、杉本は目を閉じる。

「ふッ……ウ」

耳元に、汐野の浅く速くなっていく吐息がかかる。洗面台に半ば腰かけるようにして、足を開かせ、その奥を嬲《なぶ》った。

「なんで……？」

縋るもののない不安定な姿勢のせいか、汐野はぎゅっと杉本の首筋に腕を巻き付け、熱っぽい吐息とひそかな喘《あえ》ぎを洩らしながら、なぜ、と問いかけ続ける。

なぜ、こんなことをするのかと。教えてくれと。

彼を裏切ってしまった自分の、後悔の痛みで手いっぱいになっている杉本は、もうなにを言う資格もない、と思い詰める。

好きだ、などと。

こんなふうに触れてしまっていまさら、言える義理もない。どうしていいのかもうなにもわからないまま、ただ汐野を喘がせる行為に拍車をかけた。

「わからない……！」

苦渋《くじゅう》に満ちた声でようやく、一言だけを呟けば、汐野の瞳が揺れる。傷ついたような色のそれは見開かれ、杉本の顔をじっと凝視《ぎょうし》した。

震える唇は、どこか悔しげに歪んで、じゃあ、と彼はかすれた声で呟く。

「じゃあ、……俺、なんでこんな…感じてんの……っ」

泣いているようなその声に答えることはできず、目の前で震えている薄赤い胸の突起に、そっと唇を押しあてる。

「──っ、あ！」

杉本の頭を抱き締めるようにして、汐野は背中を仰け反《のぞ》らせ──杉本の指を、その生温かい体液で汚した。


へたりこんでしまった彼に差し出した指は、高い音を立てて打ち払われる。

「あっちいってくれ」

低く呟き、うつむいたまま顔を上げない汐野に、かける言葉もなく、杉本は背を向ける。

彼ひとりを追い詰め、押し上げてしまっても、杉本の身体は実際のところ、なんの高ぶりも見せてはいなかった。緊張と興奮が極度になりすぎたせいだろう。

激情にまかれてしでかしたことへの報酬は、後味の悪い後悔と、彼を結局傷つけてしまったことへの罪悪感だけだった。

指先と唇に残っている、汐野の熱さはそれでも、痺れるほどに甘美《かんび》だ。そして、これを知りたかったがゆえに自分は、もしかするとなにもかも失くしたのかもしれないと、──失くしたのだと。

足元から崩れそうな思いを嚙み締める。

座りこんだまま身じろぎもできず――空っぽになってしまった頭の中で、ただ、終わったなと感じていた。

好きだとも告げず、口付けさえもせずに、あんなことを仕かけた杉本を、汐野はきっと許さないだろう。

「――ふ」

小さな声が聞こえて、自分が嗤っていることに杉本は気がついた。喉奥で笑いながら、目元だけは歪んで、滲んで――。

泣いてしまいそうで、誰も見るものなどないというのに、手のひらに隠す。

背後に聞こえるシャワーの音が、やけに遠く、虚ろに響いていた。


汐野はなかなか風呂から上がってはこなかった。当然だろうと思いつつ、謝るタイミングさえも失って、電気を消して布団に潜りこんだ杉本は、しかし眠れるはずもなかった。

二時間近くがすぎ、ようやく彼が部屋に戻ってきた気配がする。薄闇の中で息を呑み、近付いてくる汐野に、背中を強ばらせた。

「……寝てんの」

もとからそんなことは信じていないような声で問いかけられ、杉本は「いや」とくぐもった声を返す。

「起きろよ。なあ」

そっと手をかけられても、身体が動かない。

「アンタ……びびってんの？」

それじゃ逆じゃねえか、と吐き捨てる汐野に、胸がふさがれる。

「根性なし」

言い返せない。

「スケベ。ヘンタイ。痴漢。なんとか、言え！」

罵りながら、馬乗りに伸《の》しかかってくる。腹のうえに衝撃があって、杉本はうめいた。

「言えよ、この……インポ野郎！」

「イ……!?」

男にとっては究極の罵声《ばせい》に、引きつった杉本が思わず目を見開いた瞬間、汐野に布団が剝ぎ取られる。

「おまえ、言うに事欠《ことか》いて……っ」

あまりといえばあまりの言葉に反論すると、噛み付かんばかりの距離でアーモンド型の瞳が光っていた。

「人のカラダ散々触っといて、てめえは勃《た》ちもしねえじゃねえかっ！」

予測と違う汐野の反応に、杉本は目を丸くする。

てっきり、もう、口もきいてもらえないと思っていたのに。

「汐野」

茫然と、そのきれいな瞳に引きこまれる。

悔しそうな、怒ったようなそれは激しく、しかし思っていたような侮蔑《ぶべつ》や嫌悪の色は浮かべてはいない。

「俺が訊いても、なにも答えないで……自分は、布団かぶって、寝ちまうのかよ」

瞳の強さはそのままに、かすれた、弱い声が近付いてくる。

「キスもしないで」

囁くような声で言いながら、四つん這いのまま、汐野は腰を落とし、杉本の身体を覆う布団を蹴り下げる。

「あんな目で見て……俺をおかしくしといて」

湯上がりの、火照った身体が杉本に重なった。そして、作為《さくい》を持った指がその長い脚の間に伸ばされるのを、ぎょっとなって杉本は止める。

「おまえっ……なにっ……!?」

「俺だけかよ」

ぽつりと独り言のように呟いて、彼はひどく、悲しそうな表情をした。

湯上がりの肌の匂いも、汐野の体温にも、くらくらと目眩を誘われる杉本の抵抗は弱い。

結局なすがままにほっそりとした指に絡め取られて、引きつった息を吐き出した。

「なんで、キスとかしないの」

「汐っ……おまえ、ちょっと……!」

吐息がかかるほどの距離で問いかけられても、杉本は身体の奥に沸き上がった覚えのある熱と、汐野の行動の意味に混乱を誘われ、答えることができない。

「したくない？　男だから……？　……ああ、彼女いるんだっけ。ホモじゃねえんだよな？」

汐野は言いざま、目尻を吊《つ》り上げて、もの凄い力で手の中のものを握り締めた。

「ぐっ……！」

強烈な痛みに、杉本は息をつめる。これで答えろと言う方が無理だろうと、霞んだ目で汐野を見上げれば、やはり彼は哀しげだった。

「し、おの」

「同情したのか……？」

どうしてそんな顔をするのだろう、と思いながら、細い指の与えてくる刺激に、うっかりと呑まれそうになる。

「ちがう……じゃあ、俺は……っ」

苦しい息の中から、同情じゃない、とそれだけをどうにか答えて。

「キスしても」

いいのかと、情けなく問いかけながら、投げ出していた腕で引き寄せて。

「ん」

唇が触れて、けれどそれはどちらが仕かけたという感じではなく、引き合うようにしっとりと重なった。

胸がぎしりと軋む。想像よりはるかにやわらかい汐野のそれが、だからこそ現実のものではないような錯覚があった。

「なんでだ……?」

すぐに離れたそれを、名残惜しげに皮一枚の距離で触れさせたまま、ひそめた声で問いかける。

「さあ」

伏し目して、汐野は薄く微笑んだ。

痛みを堪えるようなその表情に、なぜだかもどかしさが募って、細い背中を抱き締め、身体の下に抱きこむ。

忙《せわ》しなく口付けても、汐野は拒まない。切れ切れに小さな声で、それが不快でないことを杉本に教えてくる。

掠《かす》めるような口付けでは足りずに、結局そのやわらかすぎる唇を割り開いて、舌先を忍ばせた。

「ふっ」

びくりと震えた汐野の首筋を捕らえて、深い角度にあわせる。

「んっ……ん、んん……！」

貪《むさぼ》った。そうとしか言いようのないキスをした。息苦しさに汐野が杉本の背中を叩いて、それでようやく解放する。

荒れた息が頬にかかる距離で見つめ合えば、もうお互いの瞳は濡れて、引き返せない状態になっている。中断していた愛撫《あいぶ》を、汐野は再開する。そうして、たくしあげたシャツの中、薄く色付いた木の実のようなそれを、杉本は唇に含んだ。

小さく汐野は喘いで、杉本の背中を抱き締める。

そしてその頼りない感触に、杉本はもはやなにも考えられなくなった。

忙しない息遣いが部屋に充満する。

もがき、絡まる腕や脚がそれを押しこめ、煽り立てた。

なにひとつ、確かになったわけではないことを知りながら、杉本は汐野の胸に顔を埋める。

甘い汗の匂いがした。酩酊感を覚えながら、ときおり背中に感じる、薄ら寒いような感覚から逃れられない。

(何を考えているんだ?)

(俺を受け入れたのか?)

(なんで俺はこんなことをしちまったんだろう――?)

汐野にぶつけられた疑問符が、いたずらにぐるぐるとめぐっては頭を悩ませる。

もう、好きだからという言葉を、いまさら言っても仕方がないような、言わなくてもいいような――曖昧でずるい気持ちに陥っている自分を、杉本は自覚しながら見ないふりをする。

去らない互いへの不安も、そうすることでしか忘れられないように、その恐怖から逃れるように、唇や指でそこかしこに触れながら、いっそう汐野の熱を高める作業に集中した。

やまない雨音に交じって、洩れ聞こえる汐野の声は、
啜《すす》り泣くように切れ切れで、ファルセットよりも切なく高く、甘いけれど。

なぜだろうか、ひどく――悲しいのは。

CHAPTER.3
IF YOU WANT ME TO STAY

それじゃ最後の曲、という汐野の言葉に、客席からはブーイングが起こった。

『……また、やるからよ』

マイクごしの、少しかすれて笑みを含んだ声に、わあっという歓声と、口笛が飛ぶ。

熱気にむせるようなライブハウスのなかは、ほとんど酸欠状態に近い。それでもここで失神者が出たり、将棋倒しになったりという問題が起きれば、彼らの名にけちがつく、とファンの女の子たちは汗みずくになりながら、その華奢な足を踏張り、踊り、叫び続けた。

なによりも、誰より愛する彼らの姿を、一瞬たりとも見逃したくはないのだと、その光る瞳が物語っている。

INVISIBLE RISKのファーストーワンマンライブは、ライブハウスS-CALLのいままでの動員記録を大きく塗り替える盛況ぶりとなった。

キャパシティの倍近くのチケット購入希望者が殺到し、最後尾まで鮨詰めの状態で、それでも相当の人数には断りを入れねばならなかった、と事務を請け負《うお》った美弥は嬉しげに嘆いていた。

アマチュアのライブとはいえ、それほどの動員をみせ、かつ期待度も高い彼らのために、音楽雑誌数誌が取材を申し入れている。ファンにもみくちゃにされながらも、しかしこの混雑の中で、時折に走るフラッシュは、彼らのプロ根性のあらわれだろう。

『今日、入れなかった人もいるから、……なるべく早いうちに』

客席からの「いつやるのー？」という声に、汐野は汗のしたたるほの白い額を指先で拭いながら、そう答える。

『――絶対来いよ？』

茶化すような言葉には、拍手が答えた。

そして、いったんソデに引っこんだ杉本が、その長身の前にマイクスタンドをセットしたとき、疑問符と期待との渾然となったざわめきが起こった。

――え……スギモトがコーラスすんの？

――うそ、いままでやったことないじゃん……

顔を見合わせ、囁《ささや》きあう女の子たちの姿に、ちら、と視線を投げたのみで、杉本は黙々と愛用のベースをチューニングする。『えーと、新曲。はは、めずらしくも初のバラードです。［E aux」』

くだけていた口調を変え、静かな声がそっと、タイトルを告げる。高野がスティックでカウントを取り、中嶋の指がやさしくギターの弦を弾いた。

水を打ったように静まり返った会場は、全神経を集中させ、いままで聴いたことのない汐野のやわらかい声に、ひっそりとしたため息を洩《も》らす。

ちらりと目線だけで汐野は杉本を見やった。次のフレーズから、杉本のボーカルが入る、その合図。目顔で応え、息苦しいほど高鳴る胸にすうっと息を吸いこんだ。

届かない想いの痛みを訴えるような、切ないコトバに、最前列にいた幾人かの女の子は、瞳を潤《うる》ませている。

目の前にいる女の子が、肩を揺らして泣き崩れた。その隣にいる子は、目を真っ赤にしながら一心に汐野を見ていた。

赤い唇が「きれい」と動くのが、なぜかスローモーションで杉本の網膜に焼き付く。

汐野はきれいだろう。そしてやさしい声だろう。

誇らしげに思いつつ、苦い後ろめたさは忘れたふりをした。

杉本の身体の奥から引き出される歌声は、高く甘い。

ブレスを深く、マイクに入らないように。

フレーズの転調、汐野にあわせて、ぴたりと重なる同じコトバと、違う音階。

鳥肌が立つような、その快感。

これだけで、もうなにもいらないとさえ思うのに――。

(オマエガ、スキダ)

汐野のファルセットが響き渡り、焼け付くような心を堪えて、杉本は歌った。

コトバにあわせて宙へと指先を伸ばし、触れかけたものが消えてしまう仕草をする汐野は、伏し目した睫毛を震わせている。

客席から伸びる少女の指にはきれいなネイルカラーが施され、いたいけな指のラインと不似合いで、なぜだか少し悲しい感じがする。

もう少しで、その指先が汐野に届きそうなのに、それが叶《かな》わなくて泣きだしそうな彼女を、杉本は痛ましいと思った。

(――おまえが好きだ)

自分の姿を見ているようで、胸が苦しいほどだった。

緩やかなメロディを、手にしたベースギターと自分の声で奏でながら、頭のなかに回り続けるコトバはただひとつだけだ。

おまえが好きだ。

おまえが好きだ。

おまえが好きだ。

こんな自分はどうかしている。

知っている、わかってる、それでも。

懺悔《ざんげ》のように繰り返す。

――――好きだ。

＊　＊　＊

その夜の打ち上げは、駆け付けてくれたバンド仲間や関係者たちを含め、結構な大人数となった。ステージを片付けたあと、さっきまで客でごった返していた会場はそのまま宴会場へと変わる。S-CALL店長の里井が、なんとお祝いとして飲み会の勘定を全面的に持つことを約束してくれ、美弥はくるくると今夜の関係者たちに飲み物を配って回る。

「えらい大盤振舞《おおばんぶるまい》ですねえ」

きつめの洋酒を舐《な》めながら、傍《かたわ》らに立った長髪の男が穏やかに語りかけてくる。

「チケットの上がりが良かったんだって言ってたけど……まあ、太っ腹だから、里井さんも」

ウチのときはやってくれないのに、と依然にこやかなまま呟《つぶや》いた彼は、オーヴァードーズのキーボディスト、「崇未《たかみ》」である。

沖縄出身のこのバンドは、INVISIBLE　RISKとは幾度となくイベントで顔をあわせたこともあり、とくにボーカルの古賀《こが》と中嶋は懇意《こんい》な間柄だ。古賀のハスキーボイスの、パンキッシュな激しさと、崇未の創る、デジタルでクールな曲調はミスマッチでありながら、ひどく人を惹《ひ》き付ける。

現在のS-CALLでは動員数でもその人気度、知名度でもINVISIBLE RISKと一、二を争う仲だった。

「そうだ、今回はSE、ありがとう」

オープニングサウンドをどうしようか、と言っていた頃、たまたまスタジオで鉢合《はちあ》わせた崇未に、なんの気なしに話したところ、翌週にはINVISIBLE RISKの曲のいくつかをサンプリング構成したテープをプレゼントしてくれたのだ。

「しっかり使ってもらえて光栄ですよ」

忙しいのに、と恐縮するメンバーに、「趣味だから」とのほほんと答える彼は、実はスタジオミュージシャンの職についている。表立って名前こそ出ないものの、アイドルのプロデュースやCMソングなどのアレンジも手がけている彼は、本来ならとても杉本たちには払えないほどの謝礼を渡してしかるべき相手なのだ。

「気にすんなよ、こいつはホントに趣味でやってんだよ。他人のモンいじり回すのが好きなのさ。すけべたらしく」

杉本がひたすら恐縮していると、野性味あふれる、色黒の古賀が笑いながら口を挟んでくる。

揶揄《やゆ》するような言葉に、崇末はすっと冷たい口調で言い放つ。

「ケイタの曲は私がいじりでもしなきゃ、とても人様にお聴かせできる代物じゃなくて」

「インケンなヤローだぜ」

直情な古賀は鋭い犬歯の覗く唇を歪め、けっと吐き捨てた。それをまったく無視するように、艶《つや》やかな黒髪を揺らして彼は杉本に向き直る。

「ところで、汐野くんは？」

「あ、そーだよ。一二三《ひふみ》が『メス猫は？』って探してたぜ」

汐野が大嫌いなあだ名を付けたオーヴァードーズの名物でもあるベースとギターの双子、一二三夏彦《なつひこ》と冬彦《ふゆひこ》は、その人を食った態度で汐野をからかうのが趣味である。

杉本がふと視線をめぐらせてみても、五十人近くの人数がうごめく会場内には、たしかにあの華奢な姿は見つけられなかった。

「いませんね。主役なのに」

「ケニー！　メス猫ちゃん知らねえかァ？」

崇末の呟きを受けて、古賀がハスキーな声を張り上げる。

黙々とチキンを頬張っていたドラムのケニー羽田《はねだ》は、黒人の血が流れるその巨体をうっそりと向き直らせ、

「いない？　……ああ、さっきあっちに行くのが見えたヨ」

と、少しこもったようなやさしい声で答えた。

「外の空気でも吸いにいったんだろう。騒がれるの、嫌いだから、あいつは」

杉本もあまり得意ではないのだが、せっかく集まってくれた人たちに礼を欠くことのできる性格ではない。といってお世辞にも社交的とは言いがたい口下手なもので、こうしてできるだけ、見知った顔に囲まれるようにしている。

探してくるよ、と失礼を詫《わ》びた杉本に、古賀が「ああ、そうそう」と笑いかける。

「ラストの曲、オレ、好きだぜ。アンタのだろ？」

けっこうぐっと来た、と自分の胸を親指で差してみせる。

「声の絡みが素敵でしたよ。ねえ、ウチのボーカルもあれくらい情緒《じょうちょ》があれば」

わざとらしく吐息する崇未の肩を、「黙れ、インケンムッツリ」と容赦なく古賀がどつく。

素敵、などという単語も嫌味なく言えてしまう崇未の女性遍歴《へんれき》は、噂《うわさ》では相当のもので、当《あ》て擦《こす》った古賀の言葉に杉本は苦笑する。

「ケイタみたいなアニマルと一緒にしないでください。もうちょっと、いい恋愛、すれば？」

「ほっとけ」

（……いい恋愛、か）

去りぎわに聞こえた含蓄《がんちく》あるそれに、ひっそりと杉本は自嘲の笑みを洩らし、その場をあとにした。

「おめでとうさん」

「良かったな、次、頑張れよ」

次々にかけられる声に会釈しながら、外へと向かう。

ゆるい勾配《こうばい》になっている廊下は人気《ひとけ》がなく、しんと静まり返っている。受け付けのロビーを抜け、奥まった場所へと杉本の長い脚は迷いなく進んでいく。

汐野がそこに居ることはほとんど確信めいて、杉本の胸にある。

初めて彼を見つけた、狭い控え室。

『どうぞ』

軽いノックのあと、頼りない声が応え、ドアを開いた。

初めて出会ったときとまるで変わらない、片膝《かたひざ》を立てて座る姿のまま、汐野はそこにいた。

違うのは、長く伸びた前髪とぼんやりとした瞳の光。そして部屋の薄暗さだ。

「電気もつけないで、どうした?」

声をかけても、生返事を返すのみだ。華奢な肩は力なく、尖《とが》ったラインの自分の膝をすがるように抱き締めている。

「戻れよ。みんな探してる」

「まだ、いい。ここに居る。アンタは、戻れば」

かすれた声の不思議な色が読み取れなくて、杉本は苛立《いらだ》った。投《な》げ遣《や》りなような、思い詰めるような、そんな声を聞いて放っておけるわけもない。

後ろ手にドアを閉めると、ぴくりと薄い肩が揺れた。

「ライブ、良くなかったか？」

ひそめた声で問いかけると、黙ったままかぶりを振る。

「疲れたのか」

また同じ仕草。

「どうしたんだ」

重くなる胸の内を隠すように、杉本の声はさらに表情をなくし、硬くなっていく。

「汐野」

こんなふうに汐野は、二人きりで居るとき、杉本の目を見ようとはしない。

瞳で、言葉で、あれほどにはっきりと表されていた彼の心情を、自分がまるで摑《つか》めなくなってしまったのが、あの雨の夜以来だということは、痛いほど杉本にはわかっている。

「そっちに、いくぞ」

その自業自得の苦みを、奥の歯で嚙み締めるままに彼へと脚を踏み出せば、あからさまに華奢な肩は揺れる。

来るな、とは言わない、こうして伸ばした指を、拒むわけでもない。ただ瞳をあわせず、じっと唇を嚙み締めるばかりだ。

かたくなな態度がもどかしく、高い棚のうえに腰かけているせいで見上げる高さになった唇の上に親指を這《は》わす。

「よせよ」

ようやくに紡《つむ》がれたそれが拒絶であっても、自分に向けられたものだと知ればひどくほっとさせられる。

だがその言葉を受け、やわらかい弾力から離れようとした指先を、汐野は予想外の強さで摑んだ。杉本の手のひらを、そうしてひどく熱い舌が舐《な》める。

「!?」

驚いて手を引こうにも、骨っぽい華奢な指がそれを許さない。舐めあげられた先から、痺《しび》れるような感覚が走っていく。

「おい、……どうしたんだ。汐野?」

隠しようもなくかすれた声で問いかけると、ねっとりとした仕草で人差し指を口腔《こうこう》に包まれた。びくん、と杉本の指が跳ね、濡れて熟《う》れた赤い舌先を弾く。

「熱い」

濡れきった自分の唇のまわりと、杉本の指を交互に舐めて、汐野はゆっくりと杉本に視線をあわせた。

長い睫毛に縁取られたその瞳が訴えるものに、杉本はぞくりと背筋を震わせた。

「治まんねえ……ちくしょ」

濡れたように黒い瞳から発せられる色合と、荒れた吐息の物語るものは、明らかに欲情の、ほの昏《ぐら》い悩ましさだ。

「汐野」

彼の名を呼ぶのがやっとで、息を呑んだ杉本の長い髪をかき抱《いだ》くように、汐野がほっそりした腕を絡めてくる。

「ライブ終わってからも興奮して……もう……さっきから、どうしようもねえ」

耳朶《みみたぶ》を噛みながら、そんな言葉を囁いてくる間に、ジーンズに包まれたしなやかな脚は、杉本の胴に巻き付いた。

「冷まそうと思ってたのに……ここにきたアンタが悪いよな」

なあ、そうだろうと呟いて、耳のくぼみをなめらかな舌が撫《な》でていく。咎《とが》めることはできないまま、自分の身体に押しつけられた細い脚を、ゆったりと撫で上げた。

堪《こら》えきれないような甘ったるく熱いため息が、汐野の唇からこぼれる。頭上から降りかかるそれを呑みこむように、唇をあわせ、吸い上げる。

「んッ、ん」

杉本以外の誰も知らない、乱れた匂いの声を、奪いつくすように舌先を伸ばした。互いの唇のなかに、粘着質な音がこもって、ひどく煽られる気分を杉本は堪えた。

たくしあげたシャツの下、小さく震えている胸に唇を寄せれば、強くなるコロンの香りが酩酊感を誘う。

「は、あ」

背中を弓なりにした汐野が、うっとりと長く吐息する。

瞳はそらされるのに、言葉は頑なになっていくのに。

初めて触れた雨の夜から、こんなふうにカラダばかり先走って、互いに触れずに眠ったことは実のところ一晩もない。

不安で、恐《こわ》くて、抱き締めていなければ眠れない。

どうしようもなく溺《おぼ》れている、知ってはいるのに、もう引き返すことができない。

「あ、……ん、ンンッ」

前あてに滑りこませた指を動かせば、小さく息をつめ、不安定な高い声が切れ切れにこぼれ落ちる。

「どうする？」

身を伏せるようにして、杉本の肩にしがみつく彼に問いかければ、赤くこぼれそうに潤みきった瞳が、ちらりと視線を流してくる。

彼とまともに目を見交わすのは、もうこんなときばかりしかないのだろうか。自嘲気味に笑うと、からかわれたと思ったのか、怜悧《れいり》な顔がくしゃりと泣きだしそうに歪《ゆが》んだ。

そんな顔をされれば、ひどく胸が苦しくなる。痛みを堪える吐息を洩らし、指先の力を強めれば、責めるような眼差しは薄蒼い目蓋《まぶた》に閉ざされた。

「はぁ、あっ……あっ」

しばらくは艶《なまめ》かしい喘《あえ》ぎを洩らしていた汐野が、火照った首筋を打ちふるい、杉本の唇に噛み付いた。

「い……っつ」

ぴりっと小さな熱がおこり、舌先に、わずかにさびた鉄の味がする。傷口のうえに汐野のやわらかな唇が触れるたび、ひりつくような痛みが走ったが、かまう余裕はない。

小さな音を立てて繰り返される軽い口付けは、互いを焦らすような感覚をもたらす。

堪え切れずに舌先を絡めてきたのは、余裕のない汐野のほうだった。

「なあ、……舐めて、……ソコ」

そして、その獣のようなキスの合間に、ひくひくと背中を震わせながらねだる言葉を、杉本は受け入れる。

高い位置にある細い腰へと口付けながら、長い指先で硬いジーンズと下着を引きずりおろした。しっとりとした、体毛のほとんどないなめらかな脚があらわになる。膝のあたりにまで引きおろしたそれが絡まっているせいで、汐野はぎこちなく身を捩《よじ》るしかできなくなった。

「ウ……ンっ！」

もうすでに濡れはじめていたそれを唇に含めば、がくんと汐野は首を仰け反らせた。

不安定な体勢のままきつい愛撫を施され、倒れかかった先にある器材の入った段ボールに頭を打ち付け、鈍い衝撃音がする。

「おい、大丈夫か?」

「ん、へ……き、だからっ……! あ、うッ……!」

続きを、と細い指が髪を引く。打ち付けた頭の痛みよりも、よほど辛いのはこちらのほうだと、その指にこもる力に知らされ、杉本はゆったりと舌を這わせた。

唇での愛撫も、もうこれが初めてではない。あれほどにホモセクシャルを毛嫌いしていた汐野であるのに、むしろこういうことには杉本よりも積極的だった。

「はあ……あ、すげ…… いいッ……!」

いまはただ、放心したように甘い声を洩らすその唇に、自分の熱を包みこまれて吸い上げられた、その記憶が感覚とともによみがえる。

「くそっ……!」

腰にわだかまる粘り着くような熱に堪え切れず、脚の間を嬲《なぶ》っていた頭を起こした。

「ちょ……まだっ」

抗議する汐野の身体を、無言のままで引きずりおろす。

向き合うように立ったまま強く抱き締め、崩れていきそうになる汐野の腰と自分のそれを重ねあわせた。

「やだ、それ、ヤ……あ！　あっ、あっ……！」

張り詰めたそれを二人分、まとめてきつく戒めたまま腰をこすりあわせる。あからさまで直接的なその刺激に、汐野は拒むように杉本の広い胸を押し返そうとする。

「ねえ、や、やだよぉ…っ、よご、汚れる……っ！」

「かまわねえよ」

「だって……出る、も、……あぁ……ッ！」

言いながら揺れる細い腰を、やわらかい丸みごと掴んでさらに引き寄せれば、さらに高くかすれていく声と、下肢からのぬめった音が絡み合う。

さっきまで腰かけていた棚に背中を預け、誘うようにそらされたなめらかな胸のうえを強く指先で摘みあげる。

「ン――……っ」

ぶるっ、と震えた汐野に、限界を知らされ、自分のシャツを濡れてぬめった二人のセックスのうえにかぶせた。


この部屋に鍵すらかけていなかったことに気がついたのは、身仕度を整え、出ていこうとした瞬間だった。

上気した頬をうつむける汐野は、もう杉本に目を合わせようとはしない。もう打ち上げに顔を出す気力も残っておらず、そのまま帰途についた杉本のあとを、無言のまま汐野もついてくる。

濡れて汚れたシャツは、道すがらのダスターシュートに突っこんで捨てた。うっとおしげな杉本のその仕草に、ほんの一瞬視線を向けた汐野は、なぜか傷ついた表情をし、そしてまた表情をなくす。

(……どうして、こうなっちまうんだろう)

触れた分だけ遠くなるような彼が恐くて、人気ない路上で、胸に渦巻く激情そのままに、不意打ちで強く抱き締めた。

「なにしてんだよ」

汐野は一瞬目を見張って、素肌のうえにジャケットだけをまとった杉本の胸に、華奢な指を添える。

「人、少しは居るのに」

細い声に答えることはできず、押し返されるのかと身体を強ばらせれば、きれいな髪が胸の中で揺れ、頬を押しあてられた。

しかしそれも一瞬のことで、驚きにゆるんだ腕から、するりと彼は身を翻《ひるがえ》す。

「帰ろう」

ぽつん、と呟く言葉が背中ごしに聞こえて、やるせない気持ちになる。

振り返ったその表情は、繊細な顔立ちに似つかわしく、甘やかに微笑んでいたけれど――。

(俺の、せいか……？)

この数日で、幾度も見つけた彼の笑顔はいつでも、こんなふうに儚い、淡く寂しげなものばかりだった。

あの無邪気な、子供のような汐野の激しさは、いったいどこへ行ってしまったのだろうか。

急激に変わってしまった汐野の表情を、そうさせたのが杉本であることは、もう、誰に指摘されることがなくとも、わかっている。

夜道を先に歩くあの細い背中が、不意に消えてしまうような、そんな焦燥感に駆られ、見つめるまま、けれどもう抱き締めることはできない。

握り締めた拳に爪が食いこんで、その痛みさえも自らの招いたものだと知っている。

汐野に噛まれ、腫《は》れた唇の傷だけが、軽い熱を持って疼《うず》く。

瞳も言葉も伏せたまま、なにも語ろうとはしない汐野の、それは代わりのように、じりじりと杉本を責めていた。

＊　＊　＊

開け放した窓からの風が、乾いた冷たさを運んでくる。

晩秋の気配を伝える涼やかな風に、寝起きの頬をなぶられながら、汐野は窓枠に肘《ひじ》をついて、ぼんやりと庭の楡《にれ》の木を眺めていた。

「あいつ、だいじょうぶかな」

天気のいい土曜日の昼下がり。

ぽつん、と汐野が呟いた「あいつ」は、翌週のゼミのために必死でレポートをまとめているはずである。

「頑張ってるみたいだし……中嶋は基本的に頭が悪いわけじゃないんだ、真面目にやれば大丈夫だろう」

読みかけの本から目を上げないまま、杉本は答える。


秋は深まり、後期の授業が始まって、ほとんどといっていいほど杉本は大学には顔をださなくなっていた。

もともと三年の後期ともなれば必修の授業もないに等しい。とくに杉本の選択したゼミは、出席よりもレポートを重んじて単位の取得を決定するものが多い。

けれど同じ大学に通う中嶋などは、あまり要領のいいほうでもないようで、いま頃になって落としかけた単位のために、大学にこまめに足を伸ばすはめになっているらしい。

「一、二年の楽なうちに必須単位数は確保しておけ」と言った杉本の助言も受け、こつこつと努力型の彼のために、スタジオ練習もライブの日程も、試験の日程やレポートの期限に合わせて、調整を付けるようにしていた。

高野の方も、家族が入院したとかで、ここしばらくは全員が顔をあわせて練習することは、控えざるを得なかった。

「高野の方はともかく、中嶋にはまあ、早いとこカタつけちまってほしいぜ。まだまだのんびりしてられる情況じゃねえんだし」

「そうだな」

相づちを打ちながら、汐野の方からこんなふうに、何気なく話しかけてくるのが、いったいどれくらいぶりのことだろうと、変わらない表情の下で杉本は思う。

今日はめずらしく双方ともに、バイトその他の予定もなく、部屋にこもってだらだらと怠惰《たいだ》な時間を過ごしていた。

近ごろ減る一方の会話のせいで、互いのスケジュールを細かく確認することもない。

二時間ほど前に目覚めた杉本は、隣の布団に丸まっている汐野の姿に、正直言って少しばかり驚いた。

昨夜、幾度も抱き締め、口付けた伸びやかな肢体《したい》は、幼いような仕草で手足をまるめ、健やかに眠りをむさぼっている。

「汐野」

小さく名前を呼んでも、彼が目覚める気配はない。

ゆっくりと寝息を繰り返す、無防備な姿に、焼け付くような欲望を覚えてしまったのは、夏の始まりの頃だったろうか。

無理にでも奪ってしまいたいと思い詰めたのは、そう遠くはないことなのに、いまはこの眠りを妨げるようなことは何ひとつしたくないと切に願う。

彼のこの、子供のような寝顔だけは、いまでも変わらない。このところ涼しくなってきたせいか、布団の端を巻きこむように握り締め、くるりと猫のように丸くなって眠るようになり、凄まじかった寝相だけは、少しは改善されたけれど。

そんなことを思って、ひっそりと杉本は笑みを洩らした。そして、胸の中が少し、暖かくなるような、そんな微笑ましさを汐野に覚えることが、ずいぶん久しぶりだと感じた。

「なあ、腹減らない？」

定位置の窓際に座っていた汐野が、どこかまだ眠りを引きずったような、ぼんやりとあどけない声で尋ねてくる。

「俺はさっき適当にすませたから、そうでもない」

「あ、そっか」

よく眠っているものを起こしてしまうのがかわいそうで、こっそりと自分の寝床を引き上げ、狭い部屋のなかに満ちる汐野の寝息をBGMに、米を炊き、そこいらにあった食料で適当なおかずを作って空腹を満たした。

「味噌汁なら、まだ残ってるけど」

最後まで言い終える前に、「もらうぜ」と細身の身体は立ち上がった。

彼が向かった台所では、包丁の音と火にかけられた鍋の音がする。こんなふうな、生活の物音がこの部屋に響くのはいったいどれくらいぶりだろう。

いくつものバイト先とスタジオの往復で、ほとんどの時間を過ごし、食事は外食かバイト先ですませ、部屋に戻るのはたいがい午前様というのが、このところの杉本の日常のパターンであった。

今朝、朝食のために久しぶりに立った台所の棚のうえには、その慌《あわ》ただしく殺伐《さつばつ》とした生活を物語るように、薄い埃《ほこり》が積もっていた。

部屋に戻って、そのまま布団に潜りこみ、汐野が起きていれば抱き合って、眠っていればただ目を瞑《つむ》って横たわるだけの毎日。

（情けないな……）

余裕とか、息をつく安らいだ時間とか、そんな些細《ささい》な、だが大切なものをなくしていた自分に気付いて、杉本は苦笑しながら汚れた台所を掃除した。

これでは汐野の気持ちが読めなくても当たり前だと、かつかつしていた自分を振り返り、杉本は思う。

心情的に追い詰められているばかりでなく、実際、バンドのことやライブのスケジュールなどの、必要最低限のこと以外に、会話をする時間の余裕さえ、杉本にはなかったのだ。

少し前に、空気の入れ替えのために窓をそっと開けたとき、眩《まぶ》しそうに目を眇《すが》め、目を開けた汐野に、杉本は無意識で、静かに笑いかけていた。

「悪い、起こしたか」

喉からこぼれる声は穏やかで、その凪《な》いだ気配に、汐野はぱちりと大きな瞳を開けた。その表情の幼さに苦笑しながら、内心、そんな自分に驚いていた。

「おはよ」

「ああ。なんだ、まだ寝てていいぞ」

寝起きのかすれた声で言いながら起き上がった彼に、そう声をかければ、ゆっくりと汐野はかぶりを振った。

「天気いいし、もったいないから、起きるよ」

そうか、と答えた声は、自分でも気恥ずかしいようなやわらかい甘さがあった。

このところ、彼に向けて放った言葉や、その声の表情が、きつく張り詰めているか、必要以上にそっけないものになっていたことに、そうして初めて気付く。

言葉に出して指摘することはなかったものの、明らかに汐野はそのことに、安堵《あんど》の表情を浮かべていた。

今日の始まりがそんなふうに優しくて、その余韻《よいん》のように、かわす会話はごく穏やかなものばかりになる。

「アンタほんとにいらない？」

「いいよ。残り食っちまっても」

葱《ねぎ》を入れただけのシンプルな味噌汁に口をつけ、話しかける汐野の声は、まるで衒《てら》いがない。

あの透明で、切ない笑みの欠片《かけら》さえ、そこには見せることがない。

冷たい、酸の匂いの強い雨に打たれて凍えた身体に触れてしまって以来の、なんでもない会話、頑なな気配の薄い、やわらかい穏やかな表情。

「前から思ってたけど、アンタが炊くと、メシ、硬いよ」

「俺はそれくらいが好きなんだけどな」

ささやかな、さもない会話だけでも、ひどく暖かくて嬉しかった。汐野との、こんな穏やかな空気が、自分はほんとうに好きで、とても大切だったのだ。

ほんの少し足を止め、振り返ってみればこんなにも簡単に、わかることなのに。

なんだかひどく、そんなことがなつかしくて、そう感じる自分の現在が、やけに切なくなった。

見えないのではなく、見ないように聞かないように仕向けていたのは自分なのだろうか——？

「足りなければ、買い置きのラーメンもあったけど」

意識せず、普通の声音で喋《しゃべ》ることさえも、ずいぶん久しぶりに感じる。

部屋に満ちた空気が暖かくて、少し前の自分たちに戻ったようで、杉本はなんだか嬉しかった。

「なんか、今日、機嫌いいね」

汐野もそう感じているのか、くすぐったいような淡い声で、そんなことを話しかけてくる。

そうかな、と言えば、そうだよ、と小さく苦笑した。

「なんてね、俺も人のこと言えないけどね」

コーヒーを啜《すす》りながら、ぽつんと伏し目がちに呟く。その言葉に顔を上げれば、静かな眼差しがこちらを見つめている。

「おまえも、今日は機嫌いいよな」

軽く言うつもりの言葉に、含みが過ぎた気がして、杉本は少し声をつまらせる。

じっと見つめるきれいな瞳には、曇りもためらいもない。ただなにごとかを訴えかけるような、真摯《しんし》な強さがあって、杉本は静かに息を呑む。

ためらうような仕草で、やわらかな唇が幾度か、開いては閉じる動作を繰り返した。

「天気、いいしね」

だが、結局彼の唇から届いたのはそんなさもない言葉で、言いかけた言葉を無理に呑みこむような表情を浮かべた。

「…」

無言のままの杉本と目があった瞬間に、ふっとそれを笑みに紛らせ、汐野はまた目を伏せる。

拒絶のそれとは違う、甘さの残るぎこちなさに、杉本の胸は不意に高鳴った。

なにか言葉をかけようとして逡巡《しゅんじゅん》し、結局うまい言葉を見つけるのには失敗して、ただ熱っぽいため息だけが自分の唇からこぼれていく。

言ってしまおうか。

訊《き》いてしまえばいいのか。

(どうして、おまえは、俺を拒まない?)

指を伸ばしても、唇に触れても。

(なぜいつも、なにも言わずに許すんだ)

バンドの人間関係をこじらせたくないだけかと、疑ったこともあったけれど、汐野の気位の高さを知っている以上、そんなさもしい考えは打ち消さざるを得ない。

ならば、いったい彼はなにを考えて、この腕に身体を預けるのだろう。夜毎に甘く肌を震わせながら、それでもどこか遠いまま。

哀しげに、泣くのを堪える瞳で責める、そのくせに強情に引き結ばれた唇を、いまなら解いてしまえるのか。

好きだと告げて、抱き締めたなら、もしかして受け入れてくれるかもしれない。

(——勝手な……)

あさはかな期待が膨らみすぎて、喉の奥にものが詰まったような、嫌な感覚を覚えた。苦さを呑みこみ、唇を噛んで、杉本も視線を落としてしまう。

身体から迸《ほとばし》ってしまいそうなその告白が、彼に触れ、幾度も泣かせたいまとなっては、なんだか言い訳じみて感じるのはなぜだろう。

一生言わないとかつて誓った自分の心にこそ、縛《しば》られているのは薄々感じてもいる。

横目に見やった汐野の表情は、なにを考えているのかを読み取れないまでも、あくまでもやわらかで穏やかだ。

ずるいことかもしれないけれど、いまのこの空気を壊してしまうのが、杉本には恐かった。

「その小説、推理ものかなんか？」

「!?」

だから、不意にかけられた声に、過剰なほど肩を揺らしてしまう。

「なんだよ、そんなに驚くなよ」

大げさだな、と目を丸くする彼に、ぎこちなく、悪い、と謝った。

「時代物だけど……なんでだ？」

問いかけた内容に、気まずさをごまかすような空咳のあと答えれば、ひっそりと汐野は苦笑する。

「むつかしい顔して読んでるからさ」

「そう、か？」

「うん――そう、ここんとこ、しわがよってる」

自分の眉根を華奢な指で差し、小さな声を立てて笑った汐野は、しかしすぐにそれを解いて、真顔で杉本を見つめてくる。

そのあとに続いた、密《ひそ》やかな声の言葉に、杉本は鋭いもので身体を突き抜かれたような気がした。

「俺と寝るときも、そんな顔、してる」

「そ」

なんとも答えられずに、大きく胸を喘がせた杉本に、汐野は昏い笑みを見せた。

「そんなにしんどいなら、よせばいいのにって……思う」

頬杖をついて、煙草を引き寄せる彼を、声もなく杉本は見つめている。

汐野の吸う、きつめの煙草の香りが部屋に漂った。どこかけだるいような仕草で、フィルターを口に挟んだまま、汐野はしばらく無言のままでいた。

不意打ちのその言葉に、責められているような胸苦しさに襲われた杉本は、唇を嚙んで視線をそらす。嫌な緊張感が張り詰める中、汐野は小さな声で問いかけてきた。

「なあ、なんで……?」

その声になぜ、好きだからと言えないのか。

「なにが」

どうしてこんなに恐くて、声がかすれてしまうんだろう。

情けない自分を見られたくなくて、目元を手のひらで覆《おお》う。

ぐちゃぐちゃになるほど惚《ほ》れ切っているのに、切なさがあふれてしまいそうなのに、臆病な言葉は喉にしがみついて出てこない。

決定打を出されるのが恐いからだ。

本気で好きだと言ってしまえば、もう誤魔化しようもなくなる。うやむやでも曖昧でもいいから、汐野の体温を感じられる距離をなくしたくないからだ。

遊びであんなふうに触れることを、許す汐野ではないことくらい、知り抜いているはずなのに、そのことに自惚《うぬぼ》れも、まして自信などなにひとつ持てない。

汐野が自分を好きでいるなんて、そんな手前勝手な思いこみもないだろう。

だからわからない。

わからないから、恐くて仕方がない。

そして苦い沈黙だけが、重く伸《の》しかかってくるのだ。

「なんで、黙っちまうんだよ」

うつむいてしまった杉本の肩に、暖かい手のひらが触れた。

「どうしていいのか、わかんないよ」

(俺だってわからない……！)

目元を覆い隠す自分の手のひらを、そっと外される。驚くほど近くにある小作りできれいな顔は、杉本を責めてはいないけれど、やはりどこか哀しそうだった。

「なんでいつも、泣きそうな顔してんの？」

歪んだ目元に、繊細な指が触れる。いたわるような優しさで、そっと撫でて去っていく。

泣きだしそうなのは、汐野の方じゃないかと思って、けれどそれを口にするのはやめた。

そんなことを言えば、彼は本当に泣いてしまいそうだったから。

そっと引き寄せ、ずるいとは知りながら、少し尖った唇にキスをした。

真夜中にかわす、気の急《せ》くような濃密なそれとは違う、ただ胸の痛むような、乾いた口付けを、汐野は受け入れてくれる。

「どうして」

触れ合った唇を切なげに震わせて、吐息した汐野の次の言葉は、しかし、杉本には意味がわからなかった。

「どうして、いつも……最後まで、しないんだ……?」

「─え?」

摑《つか》みあぐねた言葉を、問い返そうと目線を上げれば、きょとんとした杉本の表情に、彼はさっと顔を赤らめた。

「……っ、なんでも、ない!」

首筋まで血の色に染めて、汐野がきつく首筋に腕を絡めてくる。聞かなかったことにしろ、と幾分怒ったような早口で、彼は言った。

(最後って……どういう……)

「汐野、それ」

「なんでもない……いいったら!」

引き剝がそうとして、耳元で怒鳴った汐野の声が潤んでいるのに気がついた。

肉の薄い背中を抱き締めれば、さらにきつく抱きついてくる。

「答えたくなければ、それでいいから……！」

もっときつく戒められることを望んでいるのだと、訴えてくる涙声に胸が詰まる。

すがるような力を、それでも少しだけ緩めさせれば、真っ赤になった瞳を悔しそうに歪めている。

「泣くなよ」

「誰も泣いてねえだろ……っ」

なめらかな頬を指先で撫でると、いまにもこぼれそうに瞳が潤む。

「じゃあ、そんな顔、するな」

困り果ててそう囁けば、きっと上目に睨み上げてくる。

「だったら、アンタもすんなっ！　……見てるほうが、しんどいんだって……わかるだろっ」

「ああ」

ごめん、と呟きながらただ切なくて、また、きつく胸に閉じこめる。指先がいやに痺れて、こごる息を震えながら吐き出した。

背中に回った汐野の腕が、胸の痛みに拍車をかける。

互いの心音を感じられる距離で、切なさを伝えあうように、このままずっと抱き締めていたかった。

けれど――。

「誰か、来る」

胸元でひっそりと呟いた汐野の言葉に、杉本は落胆のため息をつく。

汐野の言うとおり、外からは軽い足音が聞こえてきて、この部屋の前でぴたりと止まった。

インターホンなどないこの部屋に、軽いノックの音が響く。そのリズムがなぜだか、杉本の胸に嫌な影を差した。

「出たら？」

そっと胸を押し返す汐野の甘い体温が離れていって、杉本は知らず、眉根を寄せる。

そして、荒いため息をつくまま、重い腰を上げる。また響いたノックに、どこか聞き覚えがあると感じながらドアを開き――。

「はい、どちら……さ……ま」

喉奥に、誰何《すいか》の声は凍り付く。

見下ろした、ゆるやかなウェーヴの長い黒髪。

まろやかなラインの胸元を、強調するような深いカットの襟元。

「英莉《えり》」

数ヶ月前に、手酷く杉本を振ったはずの彼女が、そこに立っていた。

＊　＊　＊

「こんにちは……久しぶりね、杉本くん」

挑発的に、英莉は笑う。あのときと同じ、真っ赤な唇で。

「ああ」

媚《こ》びるような甘ったるい声音に、杉本の眉間のしわは深くなっていく。

「どうしたの、急に……なんか、用?」

苛立ちを含んだ声に臆することもなく、英莉は艶《あで》やかな唇で微笑んだ。

「ゴメンね、忙しかった?」

口先ほどにも悪いと思ってはいない口調で言われ、杉本は鼻白む。

「べつに」

部屋に入れる意志がないことを知らしめるように、玄関のドアによりかかり、それで? と見下ろせば、不満そうに唇を尖らせた。

この女はいつもそうだ。余裕がありそうに振る舞ってみせるくせに、ほんのちょっとでも相手の行動が彼女の思惑《おもわく》から外れれば、子供のようにあからさまに不貞腐《ふてくさ》れる。

もっと優しく、もっとスマートに、あたしを誉めて、大事にして、優しく抱いて。

そうしなければ手に負えないほど不機嫌に当たり散らすくせに、思わせ振りな態度で、「わかるでしょう?」と視線で語る。

してほしいことがあるなら、もっとストレートに口にすればいい。「自分からなんて言えないわ」と恥じらってみせる仕草がやけに芝居がかって嫌だった。

堪えても、押さえても、その願いが瞳からこぼれてしまうような、奥床《おくゆか》しさからくるならばともかく、粘り着くような視線で、ひとつに決められている答えに追いこまれるのは、うんざりだった。

そんな駆け引きが好きな相手もいるだろうが、杉本には鬱陶《うっとう》しくて仕方がなかった。結局は、その期待のことごとくを裏切ってしまったおかげで、別れることになってしまったのだけれど。

英莉と付き合うようになったのは、たまたま顔を出したコンパの席で、彼女に声をかけられたからだった。

誘われて、なんとなく寝て、なんとなく付き合っているような、そんな始まり方だった。いまから振り返れば、その頃の自分のいい加減さに、恥じ入るような気持ちにもなるが、いままで「彼女」としてきた何人かの相手との交際パターンは、まったく英莉とのそれと変わりない。

そして、あまり女の子の好むような遊び方も知らない、バンドと音楽のことしか頭にない杉本に、やがて呆れ、あるいは怒って去っていった。

（バンドとあたしと、どっちが大事なの⁉）

そんなことを言われても答えようがないし、また自分の打ちこんでいるものに、興味の欠片さえ示してくれない相手に、本気になりようもない。

中には本気で杉本を好きでいてくれた子もいたけれど、結局それを受け止めてやるだけの余裕は、杉本にはなかったし——残酷なようだが、本気になれはしなかった。

「最近、頑張ってるって聞いたから」

頭上からの冷めきった杉本の視線にも負けず、英莉はもういちど度微笑んでみせた。

「まあね」

その言葉に、杉本は先程から感じている不愉快さのボルテージが、さらに引き上げられるのを感じ、ため息をつく。

ちょっとばかり有名になった「元彼氏」が、惜しくなりでもしたのだろうか。

そんなふうなミーハーなところがあった彼女は、いちおうバンドにも興味を示した。おかげで、他の子よりは長く続いたほうだったと思う。

だが、ステイトメントの活動が彼女のイメージする「バンド」のそれとは程遠いことに気付いたとき、ひどく落胆したようだった。

「頑張ってたもんね、杉本くん。よかったね」

「そりゃどうも」

散々に地味だとこき下ろした彼女の、わけがわかっていないからこその毒っぽい口調を思い出し、いまさらそんなことを言われても、とますます杉本は胸が悪くなる。

「それで——だから、なんか、用?」

もういい加減、しつこい香水の匂いがたまらなくて、吐き捨てるような口調で言えば、言いにくそうに口ごもったあと、杉本の背後に視線を流す。

「あの」

英莉の淡く染まった目元に、嫌な予感を覚えて振り返れば、穏やかで、だが瞳の光だけがやけに冷めた表情の、汐野が立っていた。

「俺、外そうか?」

なめらかな低音が、やわらかに語りかけ、あがってもらえば? と言うのに、杉本は噛み付きそうな視線で睨み付ける。

それを受けても、汐野の表情はなにも変わらない。むしろ挑むように、じっと杉本の色の浅い瞳を見返した。

(……くそ……!)

がり、と髪をかきむしり、さらにきつくなった表情で、汐野の整った顔立ちに、蕩けたような表情をする英莉へと向き直る。

悪いけど、と告げる口調は荒く、冷たい。

「いま、取りこみ中なんだ。用があるなら早くしてくれ」

さっき忙しいかと尋ねたときには「いや」と答えておきながら、露骨に態度の変わった杉本に、英莉はさすがに戸惑ったような表情になる。

そして、きつくなった杉本の視線に怯えたように、ショルダーバッグから、小さな鍵を取り出した。

「これ……返そうと思って」

頑なな口調は、不愉快そうな色合が強い。

だが、差し出されたそれを受け取り、その見覚えある形状に、杉本の苛立ちは最高潮に達した。

ずっとなくしたと思っていたそれは、この部屋の合鍵だった。

「あのとき、ちゃんと返そうと思ってたんだけど」

ゴメンね、と悪怯《わるび》れず笑ってみせたことが、杉本の怒りをさらに煽る。

「ああ……そうなんだ」

静かに笑った杉本に、一瞬安堵の表情を浮かべた彼女は、しかし、その視線の冷たさに息を呑みこんだ。

「返すもなにも。俺、おまえにコレ、あげた覚えなんか、ないけど?」

ことさらゆっくりと言葉を紡ぐと、英莉の顔が見る見る赤く染まっていく。だって、と言いながらバッグのショルダーをきつく握り締めた。

「いいじゃない……ときどきは、使わせてくれてたじゃない……!」

駄々を捏《こ》ねるような口調に、どういう思考回路をしているんだ、と頭が痛くなる。

たしかに時折には杉本の居ない時間に彼女が訪ねてくることもあった。そのときに困るだろうからと、鍵の置き場所を教えたこともある。そんなふうに遠慮のない、蜜月《みつげつ》の時期も確かにあった。

だからといって、黙って他人の家の鍵を持っていってもいいのか、と怒鳴りつけたくなるのをこらえ、舌打ちをする。

「汐野」

腹の奥が煮えるような気がして、背後にいる線の細い同居人にかけた声は、気持ちに反してひどく落ち着いていた。

気を回したのか、奥に引っこんでいた汐野はそっと近寄ってくる。この狭い部屋の中だ、会話はすべて筒抜《つつぬ》けだったのだろう。

杉本を見やる視線が、気遣うようにやわらいで、また「あまり怒るな」と咎《とが》めるようにも見えて、気を落ち着かせるために、もう幾度目かわからない深い息を肩でつく。

「これ、おまえが使えよ。戻ってきたから」

「ちょっ……、ちょっと、杉本……？」

無神経は承知で、汐野に向かって鍵を放った。受け止めた彼が眉を顰める。

「それから、悪いけどあのピアス、取ってきて」

「杉本……？」

なにか言いかけた汐野をさえぎり、早口に言えば、咎めるような視線だけで彼はきびすを返す。

「これ？」

悪い、と汐野の指に摘まれたピアスを受け取って、英莉の前にそれを突き出した。

そっけなく、冷たい仕草で。

「俺も返しとく。忘れてったんだろ」

「っ！」

ぎりっ、と唇を噛んだ英莉の視線が、怒りに燃えている。ひったくるように杉本の指からそれを奪い、両手にきつく握り締めた。

「じゃ、さよなら」

あくまでも気のない声でそう告げて、ドアを閉めようとした瞬間。

「──サイッテー！　ふざけんなよ、このバカッ！」

およそ数分前まで、可愛らしげに微笑んでいた唇からのものとは思えない、濁った罵声が聞こえ、がつん、と薄いドアに衝撃があって、杉本は呆れ返った。

床を踏み抜くかのような、凄まじい音を立てて、ハイヒールの足音が去ってゆく。

「どっちがサイテーだよ」

閉めたドアにもたれかかり、疲れたようなため息をつくと、汐野がじっと杉本を見つめていた。

「アンタ、あんなのと付き合ってたの？」

「まあ、な」

冷たいような声に、ばつの悪さを隠せず、細身の身体の脇を擦《す》り抜ける。

「シュミ、良くないんじゃない」

「あんなのばっかじゃなかったぞ」

追いかけてくる言葉に、くたびれた声で返しながら、ぐったりと座りこむ。

これで、嘘がひとつばれてしまったことになる。自らがすすんでついた嘘ではなかったけれど、「ピアスの彼女」の免罪符《めんざいふ》で、ここに汐野を留まらせていたのは事実だ。警戒してほしくなかったから。彼がそれで安心するなら、それでいいと思ったから。

けれど、それももういまさらのことだった。汐野の危惧《きぐ》したとおり、自分は彼に触れてしまったのだから。

「いつ、別れたの」

背後から尋ねる声は、とくに責める響きではない。だから、杉本も本当のことを話す。

「俺が、ＩＮＶＩＳＩＢＬＥ　ＲＩＳＫに入る、その、ちょい前」

「それって」

戸惑ったような声がして、杉本は悪かったよ、と呟いた。

「騙したって言われても、怒ってもいい。もう、言い訳にもならないけど……あのときは本当に、そんなつもりはなかった」

苦い、いまでは言い訳にしかならないその言葉に、けれど汐野はなんのコメントもない。

「汐野？」

怪訝《けげん》に思って振り返れば、ぼんやりと汐野は立ちすくんでいる。もういちど声をかけると、力のない声で、「これ、返す」と合鍵を差し出した。

「どうして」

ただそれだけのことなのに、杉本はひどくショックを受けた。しかし、汐野の切れ長の目元が歪むのを見つけ、声を荒げることだけは堪える。

「なんでだ？」

できるかぎりそっと問いかければ、きゅっとその鍵を握り締めた。

だって、と汐野は無理に繕ったと一目でわかる表情で、笑ってみせる。

「だって……勢いだろ？　その場の。あの子に当て付けに、これ」

「バカか、おまえ」

言い終える前に、杉本はそうさえぎった。

「俺は、おまえにやるって言ったんだ。第一、話は聞こえてたんだろうが。英莉にわざわざ俺が当て付ける必要が、どこにあるんだ」

半分は本当で、半分は嘘だった。

当て付けるという意味は、確かにあったかもしれない。

汐野を見た瞬間、英莉の目の色が変わったのを感じて、どうにもならないほどの怒りが、杉本の身の内を焼いた。

それは彼女が、彼のきれいな姿にあっさりとよろめいたことにではなく、一瞬のうちに粘つくような女の視線で汐野を舐め回したことがわかったからだった。

無遠慮に見るな、と怒鳴り付けてしまいたいのを堪えたのは、そんなふうに言ってしまう権利など、杉本自身にはなにもないことが、痛いほどわかっているからだ。

「ただ……べつに、押しつけるつもりはないけど」

無理にもらわなくてもいい、と告げた語尾が少し弱くなって、なんだか笑いたくなってしまう。

英莉にはあれほど強気に出られたものを、汐野の前ではなにひとつ、押しつけることなどできない。こんな小さな鍵ひとつで、重さを感じてほしくなかった。

そんな自分に苦笑して、手のひらを差し出しても、汐野はそれを渡そうとはしなかった。

「もらっても、いいのか？　ほんとに？」

生真面目な声で問いかけられ、ああ、と杉本はうなずいた。

少しほっとしたように弛《ゆる》んだ表情に、未だ残るぎこちなさを見つけ、杉本は訝《いぶか》しむ。

「どうした？」

問いかけても、なんでもない、と言う。気になるだろう、と鍵を握り締めた手を捕らえれば、小さく、だがたしかにびくりと、汐野はすくんだ。

「おい」

驚いて見上げれば、頼りなげに眉を寄せる。明らかに、汐野は怯えている。杉本に対して。

なぜだろうか。声を荒げたせいだろうか。

「みっともないとこ見せて、……悪かった」

「ん？　……いや、いいよ、べつに」

答える声音に、ごまかすような響きはない。

表情は、まだ少し硬くて、それでもそっと腕を引けば、杉本の肩先に静かに体重を預けてくる。

鼻先にまつわりつくような、英莉のきつい残り香を、汐野の首筋に顔を埋めて、忘れてしまいたい。

疲れた吐息を洩らすと、まるで慰《なぐさ》めるかのように、細い指が杉本の髪を撫でていく。

その甘い仕草に誘われるように、そっと唇を重ねる杉本は、汐野の大きな瞳がそっと閉じられる間際、ひどく不安げに揺れたことに気付いた。

けれど、問いかけても答えない強情な唇に、なにひとつ教えてはもらえず、焦れったく熱いキスで声を封じる。

もうずいぶんと馴染んだ、彼の高い体熱を奪いながら、ふと英莉が来る前の会話での、彼の、なにごとかを問うような言葉が頭をよぎる。

(最後って……確か、そんなこと言ってたような……)

一瞬よぎった疑問符に、しかし気を取られる暇もなく、小さく喘ぐ唇に、キスを繰り返す。

なにか重要なことを見落としているような焦燥感は、濡れた淡い色の唇の前に霧散していった。

＊　＊　＊

杉本がその部屋に入ったとき、すでに狭い室内は見慣れた顔触れにあふれそうになっていた。

「重役出勤か？　余裕じゃねえか」

茶化すような古賀の言葉に、緊張していたその場の空気が和《なご》む。

オーヴァードーズの崇未と古賀、ICE CRIMEのジョージとレイ、SKADの三條《さんじょう》ほか、この日のミーティングのために集まった面子《メンツ》は、S-CALLが抱えているバンドのなかでも選《え》り抜《ぬ》きの連中ばかりだった。

この中に混じれば、まだ新参の部類の杉本たちINVISIBLE RISKのメンバーは、遅れてきた非礼を詫《わ》び、できるだけ末席に陣取る。

「忙しいとこ悪りぃな。なるべくとっととすますからよ」

スキンヘッドの里井は、ようやくそろった顔触れに、サングラスの奥の鋭い瞳を和ませる。

「もう何人かにはちょいちょい話してあるけど、今度、S-CALLからの企画で、CDレーベルを作ることにした」

くるり、と集まった顔触れを見回した里井の視線は、杉本のうえで止まり、にやりと笑ってみせた。

「で。ここにいる奴らのミニアルバムを、それぞれ作りたいと思ってるわけだ。けどまあ、こりゃあオレが勝手にチョイスしただけって話でよ。いちいちオマエ等に確認取るのも面倒で、悪いが集まってもらった」

よく言えば簡潔、悪く言えばいい加減な里井のやり口に、杉本はこっそり苦笑を洩らす。

もともとはこのライブハウスと同じ名前の「S-CALL」というホーンセクションメイン

のバンドをやっていた里井は、その頃の面子である友人たちと共同出資でこの店を作ったと聞いている。

　まだインディーズという言葉もなく、アマチュアの活動形態といえば数少ないライブハウスか、路上のゲリラ的なライブ活動がメインだった時代のことだ。無論当時はＣＤという音源もなく、アマチュアミュージシャンの行く末など、プロになるか、落ちぶれるか、諦めて他の仕事につき、趣味で続けるか、選択肢はこの三つしかなかった。

　不遇な時代を過ごしていた彼は、だから今の若手の連中には好意的で、自分の立場を最大限に生かして、道を作ろうとしてくれる。強面《こわもて》で乱暴な口のきき方をする里井だが、そんな彼の侠気《きょうき》を慕って、Ｓ‐ＣＡＬＬを訪《おとな》う人間も多かった。

「だから、伸《の》るか反《そ》るかはオマエ等の自由だ」

　言葉を切り、さて、と里井は室内をもういちど見回した。

「他のレーベルと契約したか、デビューが決まってんのもいるだろうし。ＹＥＳ―ＮＯはこの場ではっきりさせちまってくれ」

　その言葉に、下りる、といったのはＳＫＡＤのメンバーのみだった。

「先月、契約が決まったんです。まだ仮だけど、参加したいけどたぶん、その頃には……音源の権利は、アッチに行っちゃってるんで」

　彫りの深い端麗な顔立ちで、すみません、と三條は悔しげに詫びた。

「そっか、まあ、しゃあねえな。頑張れよ」

「里井さんも」

　このあと別件の用事がある、ということで、三條はそのまま中座する。

「崇未の方はどうなんだ？　オマエの仕事にゃ、差し支《つか》えねえのか」

　スタジオミュージシャンが本業の崇未に、里井が問いかければ、彼はなんでもないことのように微笑んだ。

「いま抱えてる仕事は『崇未』個人の契約ですからね。オーヴァードーズとしてやる分には、なにも問題ありませんよ」

「どうせ裏道抜けんのは、お手のモンだろ」

(仲がいいのか、悪いのか……)

　まぜ返した古賀のブーツの先を、崇未が靴底で容赦なくにじるのが杉本にはしっかりと見えてしまい、オーヴァードーズの力関係がその動作ではっきりとわかってしまった。

「オマエらは？」

　最後に向き直った里井に、汐野は親指を立ててみせる。

「ハゲの企画ってーのが不安だけどな。乗ってやるよ」

「クソガキは黙っとれ。オレは杉本に訊いてんだよ」

「むかつく。ハゲのくせに」

けっと吐き捨てた汐野に、里井も怒鳴り返す。

「オレは剃《そ》ってんだ！　スキンヘッドくらい覚えろ、この小卒！」

「学歴突っこまれると、オレもいてえなあ」

噂によれば汐野とどっこいの裏道人生を送ってきた古賀は、大型の肉食獣のような瞳をにやりと眇めた。

「ま、いいじゃないすか、そんなことは…」

まあまあ、とにこやかに取り成す中嶋は、やはり案外大物だと思う。さほど目立ちはしないのに、いつでもなんとなくその笑顔でまわりを丸めこむのも、一種の才能かもしれない。

だが、今回ばかりはタイミングが悪かった。

「うるせえ！　学生さんは黙ってろよ！」

「そうだ！　てめえのレポートだかのせいで、こないだのライブは見送ったんじゃねえか！」

藪《やぶ》から蛇《へび》をつつきだし、古賀と汐野という、二頭の大型猫科に睨まれて、中嶋は「あああ」と頭を抱えた。

本筋から離れてぎゃあぎゃあとやりだした面子は放っておき、崇未、杉本、里井とで、具体案はちゃんちゃんと進められる。

レコーディングはやはり予算の関係上、そう時間も取れないし、ある程度の出費は覚悟してもらいたいこと、発売は一月毎にずらし、販売ルートについては後日の相談ということになった。

「こんなこた、言いたくねえけどよ。金も絡むし……なるたけ、いい方法、取っていこうぜ」

真面目な声の里井に、杉本はうなずき、そしてふと視線を感じて振り向けば、高野がじっとこちらを見つめているのに気がついた。

なんだ、と目線で問うと、軽く顎をしゃくられる。

おおよそのことは話し終わっていたので、そろそろ解散しようか、と里井が声をかけたのを機に、杉本は高野に近付いた。

「どうした？」

ひどく生真面目な表情が気にかかり、声をひそめれば、腕を取られた。

「アンタに話がある。あいつらにはわかんねえように、抜けられるか？」

杉本の背後で、まだ騒いでいる汐野へと、その視線が投げられるのはわかった。早口にこっそりと囁かれた言葉に、訝りながらもわかった、と答える。

明らかになにごとかを思い詰めている高野の様子に、はっとあることを思い出す。

(まだ、いい。はっきりしたら……)

そんなことを彼が呟いたのは、まだ、汗に肌が蒸れる時期のことだっただろうか。

「はっきり……したのか」

声はひそめられ、自分で思うよりもきついものを含んだ。

「駅前の、ドトールにいる」

杉本の詰問調《きつもん》の問いかけに、曖昧に笑って、その大柄な体軀《たいく》からは想像もつかない静けさで、高野は席を立つ。

覚えのある嫌な予感に、杉本の表情は険しくなる。そして背後をうかがい、雑談に興じる連中の意識がこちらにないことを確認して、そっとそのドアを抜けた。

胃の奥が、なんだか苦しく、足取りも自然に重くなる。

（おれ、バンド抜けるから――）

道すがら、なぜか思い出したのは、まだ春先の、今瀬とかわしたステイトメントの終わりを告げる会話だった。

まさか、と思いながらも、自分のこういう「嫌な予感」が外れた例《ためし》は、認めたくはないが一度としてないことを、杉本は知っていたのだ。

＊　＊　＊

席についても、高野はなかなか口を開こうとはしなかった。二杯目のコーヒーを口に運んで、杉本もこっそりと嘆息する。

「高野？」

促すように声をかけたのは、こんなふうにじりじりとする気分に耐えかねてのことだった。

目の前の灰皿には二人分の煙草が山盛りにされ、通りがかった店員が見かねたように取り替えていく。空になった煙草のボックスを握り潰し、新しいそれのパッケージを破りながら、高野はようやく、重苦しい声を発した。

「わりいな、呼び出すみたいな真似して」

「いや」

それはいい、と言いかけて、視線を下に落としたままの高野に、また嘆息する。

「あらかた、話の見当はついてるんだ。あまり、考えこむな」

「悪い」

「だから、謝るな」

苛立った口調になるのも、抑えきれない。

実のところ、高野の口から最後通牒《つうちょう》を突き付けられることはわかっていても、承服しかねる部分があるのだ。

「抜けるつもりか」

沈黙は、肯定を表している。

「理由が知りたい」

端的に言って、テーブルのうえに身を乗り出して、うつむいている精悍《せいかん》な顔立ちを、逃れることを許さないように覗きこんだ。

「なにか不満があるとも思えない。うまくやっていたと、そう感じているのが俺だけとは……思いたくない」

「不満なんかねえよ。俺はすごく楽しかった」

深く吸い付けた煙草の煙を吐き出しながら、長い沈黙のあとに高野が紡いだ言葉は、どこか吹っ切れたような声音だった。

楽しかったという、過去形の言葉が痛い。

「もっと、続けたかったのは、ホントだよ」

いつでも陽気で、豪胆な男は、気弱げにそう呟いて、子供のような表情をする。

じっと待っている杉本の目を、そしてようやく見返した。

「俺ンち、親父がいねえのは、知ってんだろ?」

「ああ」

殊更《ことさら》に明るい口調で話しはじめた高野に、杉本は笑い返すことはできず、じっと正面から見据える。

「だから単純に言っちまえばまあ、カテーのジジョーってやつさ。おふくろが、身体、壊してな」

「ああ、なんか入院したって」

たいしたことじゃねえけどさ、と笑いながら、高野はコーヒーに口を付ける。口元が歪むのが、その苦みのせいばかりではないことは、杉本にはわかっていた。

「ヘルニアだよ。ホントにたいしたことないけど、……ああ、このババアも年なんだな、って思ったんだよ。俺のうえに姉貴もいるけど、あいつもイイ年だしさ、嫁にも行くだろうし……面倒、見てやんねーとさ。いかんなって」

身に覚えのある痛みに共感して、杉本は押し黙る。

家を継ぐことを決心してくれた兄のおかげで、自分はこうしていられるようなものだ。

「好き勝手してきたからさ、もうぼちぼちな。長男だからな、仕方ないさ」

こんなふうに兄も感じていたのだろうか。

仕方がないと。

諦めていたのだろうか。

押し黙った杉本の沈痛な面持ちに、高野は訝しげに眉を寄せる。

「なんだよ、アンタが落ちこむことじゃねえだろうよ」

「いや」

自嘲の笑みを向ける杉本に、高野はますます眉根を寄せる。

「ウチも、似たようなもんだったから。ただ、俺には兄がいて……あの人のおかげで、こんなことやっていられるんだが」

吐息して、なんだか目の前の高野にさえ、申し訳ない気持ちになってくる。

「兄が家を継いだのは、いまの俺と同じ年の頃だったから、……なんだか……そう思えば、申し訳なくて」

父が倒れたとき、杉本はまだ高校生で、温厚な兄は学者になるはずの夢を捨て、大学を中退した。結局父はその後、病を克服し、床を上げることはできたものの、そう無理に働くことはできなくなってしまっていた。

後ろめたさも、葛藤もあって、それでも諦め切れずに大学へと進み——いったいなにがきっかけで両親に、自分の思惑が露呈したのかは定かでないが、烈火のごとく怒られ、病に伏して以来久方ぶりの、父からの容赦ない鉄拳を左頬に食らった。

勝手にしろ、と勘当《かんどう》を言い渡された父の背中は、たしかに小さかった。

ひょっとすれば、あんな形でしか許しようもなかったのかもしれないと、近ごろでは感じている。

怒りをあらわにした父よりもむしろ、なにも責めない兄の、その穏やかさこそが杉本には痛かった。

「ときどき、どうしてるだろうとは思っても……顔が出せなくてな。勘当されてるし」

「いまどき勘当ってのも、なんだなあ」

苦笑した高野に、そうだな、と返しながら、背中が重くなってくる。

忘れたつもりでいても、ふと家のことを思い出せば、責任逃れをして、兄の肩にすべてを放り投げたような後ろめたさを感じてしまうのは、どうしようもない。

自分ひとりが楽をしていいのだろうかと、迷ってしまう。

そんな杉本の心中を見透かしたように、高野はあっけらかんと言い放った。

「俺なら、いや、俺は弟とかいねえからなんだけどさ、自分の分もガンばれって、思ってんじゃねえの？　アンタの兄ちゃん」

いたわるような言葉に、杉本は笑ってみせる。だが、高野は笑みを解いた口調で、少しきつく言い放った。

「どっちかってーと、そんなこと気にされるほうが、むかつくんじゃねえの。男がこうするって決めたこと、人のせいにする性格か？　アンタの兄貴」

「！」

思いがけない言葉に、杉本は目を見開いた。なにか痛い部分を素手で掴まれたようなショックがあって、けれどそれがすべて、不快なわけでもない。

たしかに兄はそんなふうに、誰かを恨む性格ではない。知ってはいるけれど、疑心暗鬼に陥るのは、ひとえに杉本の後ろめたさと、気持ちの弱さからくるものだ。

「そうだな、そういう性格じゃない、あの人は」

尊敬しているはずの兄を信じきれないでいる、自分の情けなさに苦く笑いながら、なんでそんなことまでわかるんだ、と高野に尋ねれば、

「だって、アンタの兄貴だろ」

彼はこともなげに言ってのけ、杉本は目を丸くする。

「兄弟でそうそう性格違うってのもねえだろうしさ。たまにはいるんだろうけど、そうも思えねえしさ。どっちかって言えば、心配してんじゃねえの？」

アンタも、見かけによらず心配性だからなあ、と今日初めての豪快な笑いを、高野は見せた。

「ま、いいじゃん？　メジャー入りして、武道館でもやったあかつきにゃ、威張って帰れんだろ？」

「まあ、な」

えらく大きいことを言う高野に、もはや笑っていいものかどうかわからず生返事を返せば、彼は笑んだ形のままの唇から、ひどく穏やかに優しい声を発した。

「そんで、そんときにゃ、プラチナチケット、俺に送ってくれよ」

親族ご一党様で、見にいってやるという高野に、なんだか泣けてきそうだった。

いい奴だな、と思った。

こんないい奴が、自分たちのバンドからいなくなることが、ひどく辛かった。

「なんでえ、辛気くせえ顔すんなよ！」

「しかたないだろうが」

本当に楽しかった。荒くたい彼の、思いがけないいたわりや優しさに、その剛毅な明るさに、ずいぶんと救われていることも多かった。

「俺はけっこう、おまえのドラムは気に入ってたんだ。これから、どうすりゃいいか、考えなきゃならんし、……この忙しいときに」

そんなふうにわざと恨《うら》み言《ごと》を言えば、すまねえな、と彼は頭を掻いた。

杉本はじっと、そんな高野を見据えた。

「CDのレコーディングだけは……参加してくれ」

答えられず、困ったように頬を歪めた彼に、頼む、と頭を下げると、焦ったように手を振った。

「おい……おい、やめろよ！　杉本サンにそんなことされちゃ、困るじゃねえか！」

「いいと言うまで、こうするぞ、俺は」

脅《おど》すように上目に見れば、うわ、と彼は嫌そうに顔を歪めた。

「わかったよ！　……どっちにしろ、今年いっぱいは大丈夫だと思うからさあ」

苦《にが》り切ったような言葉に、杉本はひょい、と頭を上げる。

「そうか、よかった」

「アンタそれ、露骨すぎ」

性格悪いんじゃない、という高野の声音が、いつもどおりの表情であることに、杉本は満足気に笑った。


そのまま飲みにいく算段をつけ、念のため部屋に電話を入れれば、案の定汐野は黙って消えた高野と杉本に、ひどくご立腹の様子だった。

『なんだよ、ずるいじゃねえか、二人だけでさあ！』

あのあと里井に摑まって、なんだかわからん説教を受けた汐野の怒りは一通りのものではなく、いい加減に返事をして電話を切る。

怒っていても、なんでも、口をきいてくれるだけ有り難いのかもしれない。

合鍵の一件以来、お互いが、なるべく普通に接するように気をつけているのが、却《かえ》ってよそよそしさを醸し出している節がある。

むしろ汐野が自分の感情に振り回され、杉本もそれに巻きこまれているくらいの方が、ちょうどいいのかもしれない。

「お姫さん、なんだって？」

席に戻った杉本へ、にやにやと笑いかけた高野に、無言で肩をすくめる。

徳利《とっくり》を差し出され、猪口《ちょこ》を傾けながら、ところで、と杉本は口火を切った。

「なんで俺だけに、わざわざ呼び出してまで？」

付き合いの長さからいっても汐野に話を先に通すのが筋だろうと思ったのだ。問いかけに、高野はふっと目を伏せる。

「言いにくいんだよなあ、あいつには」

ぽつりと呟き、微笑を浮かべる口元は苦い。間が持たずに返杯すれば、黙ったままそれを高野は受ける。

「だから、アンタに言ったんだけど」

「俺から話を通そうもんなら、余計怒るぞ、あれは」

「わかってんだけどさあ」

ふう、と一気に日本酒を飲み干して、高野は力なく肩を落とした。

「裏切られたって思われんのが、恐いんだろうな、俺は」

力なく呟いた高野の、その気持ちはわかりすぎるほどにわかる。

汐野の身内意識は半端ではない。他者にならどんな強い攻撃を受けてもへこたれもしないくせに、信じている人間に裏切られたり、去られることに、ひどく怯《おび》えている。

父親に見捨てられたトラウマもあるのだろうが、実際彼はべたべたとした付き合いを嫌うくせに、根本が人肌に餓《う》えるような、心淋しいところがあるのだ。

抱き締めて眠っていると、よくわかる。眠りを妨げないように腕を離そうとすると、無意識のままでものの凄い力でしがみつかれることがある。

「案外、臆病なところがあるから」

ぽつりと呟いた杉本に、テーブルのうえに肘を組んで、しばらく黙っていてくれと、高野は言った。

黙ってうなずけば、ほっとしたように顔を緩める。

「まあ、いいや。飲もうぜ」

結局猪口では追い付かず、コップに冷酒をだばだばと注ぎこんだ高野に呆れ、喉奥で笑った杉本に、頼むよ？　と高野は呟いた。

「アンタがいるから、俺ぁ踏切りついたんだからさ」

「またそれか。そうそう、人をあてにするなよ」

苦笑した杉本の顔をまじまじと見つめた高野は、はあ、と吐息して、ぼそりととんでもないことを言った。

「あてにするってーか……妹、嫁に出した気分だよなあ。俺サマの心境は」

久方ぶりのからかう口調に、だが言葉を返せないまま、コップ酒片手に、杉本は凍り付く。

以前には、煽るな、からかうな、と言えたものが、身に覚えのできてしまった現在ではそうもいかない。

ちらり、と杉本を見やった高野は、その反応の微妙な違いを、しっかり読み取ったようだった。

「どしたよ、杉本サン」

だが、まさかという気持ちだったのだろう。恐る恐る、といったふうに覗きこんできた高野に、自棄《やけ》になった杉本は一気にコップの中身を飲み干した。

いささか乱暴にコップをテーブルに叩きつけ、無言のまま酒瓶を摑んだ杉本の、苦虫を嚙み潰したような表情に、高野は、なんとも言いがたいような顔になった。

「なあ、アンタ」

手酌《てじゃく》の二杯目も、これも一気だ。さすがにかあっと頭の芯が熱くなり、ついで胃の奥が燃えたようになった。

「アンタ、まさか」

「聞かないほうがいいことも、世の中にはあるぞ」

早口に言い捨てると、高野は目を丸くしたまま、椅子の背もたれにがくんと背中を預けた。

「うわおぅ」

平坦な声で言われたそれが、だからこそ彼の驚きを物語っている。

「なんだ、そのリアクションは」

「いや、いや、いやあ……びっくりよ。そう、へええ、そっかあ……！」

眉間の縦じわを深めるまま、三杯目をつごうとした杉本の手から、高野の肉厚の手が酒瓶を奪う。

「やー、おめでとう」

「なにがだっ！」

怒鳴りつつ、つがれる酒はあえて受け、そのまま口を付けた杉本は、高野の惚けていた顔が、見慣れた人の悪いにやにや笑いに取って代わるのを、嫌な気分で目の端に収める。

「なあ、あいつ、よかった？」

「殴るぞキサマ……！」

言いながら、すでに拳は高野の頭にヒットしている。

「てー。…やだねえ、顔に似合わず、手が早いんだから」

嫌味たっぷりの含みのある言葉に、もの凄い形相で杉本は睨み付ける。

「なあなあ、いつ？　知らんかったー、俺。絶対わかると思ってたのに」

下世話さを隠そうともしない高野に、しばらくは口もきかずに、胡乱《うろん》な瞳を向けていた。

だが、しつこい追及に閉口したのと、無茶な呷《あお》り方をした酒が回ってきたのと、散々に愚痴めいたものに付き合わせた彼にはなんだか報告する義務があるような気がして、ぽろりと杉本は口を滑らす。

「ワンマン、やっただろ」

「うんうん？」

「その、一週間くらい前」

期待にあふれる高野の顔とは目をあわせないまま、煙草に火をつけてぼそりと言い捨てる。

「……」

しかし、その言葉になんの反応も返さない高野に訝った杉本は、飲みかけのコップを下ろした。

「どうした？」

なにごとかをじっと考えている高野に、沈黙が気になって仕方なく声をかける。

「一週間、前？」

「あ、ああ」

胡乱げな目付きと声に、少し臆して杉本は顎を引く。

「まじで？」

「しつこいな」

むっとなった杉本に、高野はまだ納得のいかないような気難しい顔をして、腕を組んだ。

「ぴんしゃんしてたよなあ」

そしてぽつりと呟き、杉本の顔をじっと眺め――いきなり、テーブルのうえから、顔を覗きこませてくる。

「お、おい!?」

その視線がいったいどこに向けられているのか、にわかにはわからず、だが気付いたとたん、杉本は日に焼けた顔を押し戻していた。

「どこ見てんだおまえっ!」

しげしげと杉本の股間を検分した高野は、首をひねって呟く。

「けっこう立派そうなんだけどなあ」

「なにがだっ!」

居心地の悪さから声を荒げた杉本にも頓着せず、ぶつぶつと口の中で繰り返していた高野は、ふっとなにかに思い当たるような顔をし、急な動作で顔を上げた。

「今度はなんなんだ……?」

見知った友人が得体の知れないモノに変わったかのような気持ち悪さを覚えた杉本は、その真っすぐな視線に身体を引く。

あたりをうかがうように視線をめぐらせ、背を曲げた高野は、上目にこっそりと小さな声で、こう言った。

「ひょっとして最後までいってねえの?」

その言葉が引っかかり、杉本はふときつくなっていた眉根を解く。

じっと自分を見つめる高野に、なあ、と問いかけた。

「その……汐野にも言われたんだが、最後までって、どういう意味なんだ?」

「はい?」

逆に尋ねられた高野は、意味がわからないように首を傾《かし》げた。言いたくはなかったけれど、その疑問をどうしても解き明かしたくて、杉本は重くなる口をようよう開く。

「だから、……男同士で、触るよりほかになんか、すること、あるのか?」

その後たっぷり五分は、高野は無言のままだったろうか。

目を見開いたまま、遠いところに行ってしまったような表情の高野に、杉本はもしかして自分はなにか変なことでも言ったのだろうか、と恐ろしくなる。

それでも長い沈黙に耐えかね、意を決して恐々と、声をかける。

「俺は、なにか変なことを言っただろうか」

その声に、高野は引きつったような呼吸をしながら、

「あのう」と上目にうかがってくる。

「もいっこだけ、訊いていいすかね」

首肯くと、耳打ちをするように顔を近付けてきた。

「挿れてないの? ひょっとして」

言いにくそうなその言葉に、きょとん、とした顔になった杉本が、

「ええと……、だって、できない……だろ?」

問い返すと、今度こそ高野はテーブルに沈没した。


カルチャーショックとはこういうときに起きるものだなあ、と終電を逃した帰り道、とぼとぼと歩きながら杉本はぼんやり考えた。

(事後報告にしてほしかったぜ……)

ぼやいた高野の気持ちも、なんとなくわからないでもない。

彼の気持ちとしては言うなれば、「これからいたします」という予定を、前もって聞かされてしまったようなものだろう。

終わったことなら、仕方がないと笑って聞けても、やはりこの情況は、散々に煽ったせいかと責任も感じるらしく、複雑なものがあるらしかった。

(まあ、する人もしない人もいるって言うけど……だからさ、できないわけじゃねえんだよ)

男同士でどこでなにをどうするのか、下ネタに詳しい高野はやたらと事細かに説明してくれた。

アナルセックス、という言葉を、初めて聞かされて、杉本は頭が真っ白になった。

（もちろん、無茶はできねえよ？　けどまあ、聞いた話じゃ、その……体位とか？　女とやるのとほとんど変わらねえでヤれるらしいんだわ）

ついでに、目眩《めまい》もしてきた。

そして、微に入り細にわたったレクチャーを一通り受け、思わず。

思わず、想像してしまった杉本は。

（――……）

八合近い酒を飲み干しても、顔色ひとつ変えることのなかった、杉本は。

（――す、杉本サン、アンタ……）

隠しようもなく血の上った頬をうつむけて、あからさまになってしまった自分の顔色に、だらだらと汗が流れはじめる。

（……アンタ、やめてくれ）

高野の、もうなんとも言えない声が、頭が沸騰するのではないかと思うほど、恥ずかしかった。

その後、二人して凄まじい量の酒をかっくらい、店を出るなり高野に腕を引かれるまま、杉本は深夜営業の怪しげなドラッグストアに連れ出された。

そして高野が「餞別《せんべつ》」と目の前に突き出した、紙袋の中身を確認して、絶句したあと、もうこのまま死んでしまいたい、と杉本は路上にうずくまった。

小さな袋の中身は、避妊具とジェルローションだった。

（……どうしろっていうんだ、これを……！）

いっそ悲痛な声で言った杉本の肩を、ほとんど憎んでいるかのような力で高野は叩いた。

（ああ、もう！　役に立ったらそんときゃあ、言ってくれ！）

高野の方もそうとう自棄になっているうえに、強《した》かに酔っ払っているようだった。

じゃあな！　と背を向けられ、そしてまたもや彼の捨て台詞は――。

（またな！　……頑張れよっ！）

――だった。


「はあああ」

気が滅入《めい》るようなため息をつき、杉本は精神的ダメージのせいで鈍く痛む頭を押さえる。

初めて聞かされた強烈な知識に、まだショックが去らず、なんだかぼんやりとしてしまう。

そういうことができてしまうのか、と虚ろな頭で考えて、高野に教えられたことが、正直あまりきれいなものではないと思ってみて、けれど嫌悪感はあまり感じてはいなかった。

汐野に、そういうことがしたいのかと問われれば、答えなど、言うまでもない。

高野に顔を顰められたとおり、自分はただ知らなかっただけのことで、もしもこれらの知識が先にあったならば、あの雨の夜にでも、彼をひどい目にあわせていただろうことは明白だ。

(……やめとこう)

あまり具体的なことまで考えてしまえば、この先歯止めがきかなくなりそうで、無理にそのいやらしい想像を頭から押しやる。

実際のところ、汐野の気持ちもわからないのに、そこまで強要できるはずもない。

(ああ……そういえば)

結局、気持ちまで通じたわけではないことは、高野に言いそびれてしまったなあと、ひどく疲れたような感じのする背中をほぐすように、肩を回した。

やっかいな問題も、苦手な隠しごとも、余計な知識も増えてしまって、飽和状態の頭をふらつかせながら歩く。

コーポ春楡までは、まだ小一時間はかかるだろうから、それまでになんとか、悪酔いした頭を冷ませればいいと、杉本は思った。

＊　＊　＊

S-CALL発のインディーズレーベルは、「ROOP」と名付けられた。

CDの発売順に、里井のマネジメントでレコーディングの日程が組まれていった。発売順といってもダビング他の都合上、いくつかのスタジオを押さえ、ほぼ同時期にそれぞれのバンドはレコーディングをはじめることになる。

販売ルートは都内の各CDショップと、つてのあるライブハウス、それからそれぞれのライブの物販で取り扱うことになった。

「ROOP」発の一番手を飾るのは、オーヴァードーズに決定した。かつかつのスケジュールになるが、この年末には彼らのアルバム「quark」が発売される。そしてその翌月、つまり年明けには、杉本たちINVISIBLE RISKの初めてのCDが、店頭に並ぶことになる。

中嶋の試験その他も無事にクリアしたところで、杉本の周囲はまたもや慌ただしい空気が流れはじめる。

INVISIBLE RISKのレコーディングスケジュールが決定したところで、杉本と高野はその日程に少々眉根を寄せた。

高野の就職は、無論のこと中途採用であるが、自宅付近の工務店で、一応内定は取れていた。その出勤日と、レコーディングの日程が、実のところ微妙に重なってしまっているのだ。

「リズム録り、先にやってすませられるかな」

「汐野が、一発でやりたいって言ってる曲もあるぞ」

高野と杉本の間で、できればCDができ上がるまでは汐野に彼の脱退を伏せておこう、という話になっていた。

気分屋の汐野はそのときの感情が露骨に歌にあらわれる。せっかくの記念に、水を差したくはないというのが二人の共通意見であったのだが、そうそうまく、ことは運ばないらしい。

「どうするよ」

吐息した高野に、杉本も頭を抱える。今回の企画は、すべて里井に事務的な部分を委《ゆだ》ねているので、個人的な事情で変更するわけにもいかない。

「なんとか、考えてみる」

困り果てた高野にそうは言ったものの、杉本とて具体的な解決策があるわけでもない。

「寝技に持ちこむとか」

「ふざけてる場合かっ！」

茶化した高野を怒鳴り付ければ、頼むよ、と拝まれた。

どうにかしてほしいのはこっちの方だ、と杉本は苛立ちを隠せない。

結局汐野との仲は、なにひとつ進展していない。

却って、杉本に余計な知識が増えたことで歯止めのきかなくなる自分が恐くて、互いの肌に触れ合うことは少なくなっていた。

また、レコーディングがあるからとライブ活動をおろそかにするわけにもいかず、忙しさはいままでの比ではない情況で、汐野もそのことを訝しむ余裕などないようだった。

夜中にふと目を覚ますと、小さなスタンドの明かりに、真剣な顔の汐野が机に向かっている姿が浮かびあがる。

淡いオレンジに照らされた横顔は、癇性な仕草できれいな髪を掻きむしり、ペンを滑らしては、その書き付けた紙をくしゃくしゃと丸めてしまった。

大きく息をつく汐野が考えこんでいるのは、おそらく今度のＣＤの曲目と、そのアレンジのことであろうと、杉本は悟る。

声をかけるのはためらわれ、杉本はそっと横たわるまま、薄目でうかがうように見つめていた。

線の細い横顔はぴりぴりと張り詰めて恐いほどだ。その細い身体から立ち上る気迫は、彼がどれほど真剣に自分たちの音楽に取り組んでいるかを伝えてくる。

（……頑張れ）

胸の内で、そっと呟く。

真剣な汐野のために、この手にできることすべてで、力を貸してやりたい。

だというのに実際には、悩む彼になにもしてやることはできず、ただこうして息を殺して見つめるばかりだ。

高野のことも、杉本の胸には重く伸《の》しかかる。隠しごとは生来苦手なほうで、またこの件に関しては汐野ばかりでなく中嶋にすらも、洩らすなと言われているのだ。

(馬鹿正直だから、絶対にばれる)

そういう高野の意見はもっともだが、いったいいつまで騙していればいいのだろう。

事実、今年いっぱいで高野は居なくなってしまうのだ。引き伸ばしたい気持ちもわからなくはないが、いい加減限度というものがある。

こんなことで、本当にうまくやっていけるだろうか。

むしろ猶予《ゆうよ》を取ってしまった分、秘密の重さばかりが大きく膨れ上がっていく気がしてしまう。

煙草に火をつけた汐野は、無意識なのか、小さな声で「Ｅａｕｘ」を口ずさみはじめた。かすれた、けれどきれいな声が、狭い部屋に紫煙とともに満ちていく。

そして杉本は、この声が好きだ、とあらためて感じる。

自分の気持ちを根こそぎ攫んで、離さない、低いなめらかな、甘い声音。

たぶん自分は、汐野のファンなのだと、杉本は思う。身近な距離に居ることが、ひどく申し訳ないような気持ちになったり、散々なことをしていても、好きだということをひどく躊躇《ためら》ったりしている、この気後れは自分の臆病さから派生する感情であるけれど、それ以上に、誰にも手の届かない存在であってほしいと願っている。

高嶺《たかね》の花で居てほしい。

そして、いつか彼をいま以上の、大きなステージに立たせてやりたい。

そしてできるなら、その傍らに居ることを、どうか許されていたい――。

切なく、杉本はそう願った。ふと胸苦しさに襲われ、堪え切れなかったため息がこぼれてしまう。

「ん？」

静寂を破るさやかな吐息の物音に、汐野はいままで自分に向けられていた視線に気付いたのか、くるりと細い首をめぐらせ、杉本を見つめた。

ぎくりとしつつ、なるべく自然に見えるように、寝返りを打つ。

「…」

こちらが起きていたことには気付きはしなかったのか、彼はなにも言わず、ただ杉本の背中をじっと見つめている。視線が強くて、首筋のあたりの皮膚がひりつくような錯覚があった。

「――……だな」

（……え……？）

背中ごしに耳をかすめた、聞き取れなかった言葉はどこか哀しげで、そのあとに続くこごるような重いため息が、ひどく気になった。

だが、いまさら問いただすこともできず――眠りそびれたまま、汐野が静かに隣へとその身を横たえるまで、杉本はまんじりともできずにいた。

＊　＊　＊

秘密の露呈は、本当にあっけなく訪れるものだ。

気付かれないように、ばれないようにとそのことにばかり注意を払うから、却って他人の目につきやすくなってしまう。まして自分も高野も、嘘のうまいたちではない。

杉本の場合、感情表現の下手さが幸いして、黙りこんでしまえばなんとかなる部分もあったが、結局のところ良心の呵責《かしゃく》に耐えかねている高野の挙動不審さは、見ていていっそ気の毒なものがあった。

疲れが目立ちはじめ、いつもほど周囲の人間に気が払えないほど生彩を欠いている汐野の目は、すれすれではあるが、なんとか二人がかりで誤魔化せていた。

だが、ＩＮＶＩＳＩＢＬＥ　ＲＩＳＫには、もうひとり、侮れない人物がいたのだ。

中嶋哲史である。

生真面目でおとなしい彼は、杉本や高野の態度のおかしさに薄々気付いてはいたらしい。だがいずれ解明されることだろうと、黙ってなりゆきを見る構えであったようだ。

そして、その静けさにうっかりと油断した高野が、決定的に辻褄《つじつま》のあわないことを、中嶋の前で洩らしてしまったのだ――。

ある種、それは中嶋らしからぬ、誘導尋問であったのかもしれない。

練習を終え、軽いミーティングのあと、少し時間が余って、杉本たちはめずらしくスタジオに居残った。そのまま雑談に興じ、にこにことといつものように笑いながら、中嶋は喋っていた。汐野はバイトの早番で、練習後早々にその場を立ち去っていた。そのことが二人に気の緩みを生じさせたのかもしれない。

「ってさ、母さんが言うんだよ。なんであぁ細かいのかなぁ、女親って」

どうということはない会話だったと思う。自分の母親の失敗談や、細かなお小言などを、少し口を尖らせるような幼い表情で、中嶋は語っていた。

「こないだもさ、スーパーで安売りだからって連れ出されて……『あら、あっちの店のほうが安いわよ、ねえねえ、哲史ってば！』って、同じ物売ってるとこの目の前で叫ぶんだよ？　店の人には睨まれるし、まわりの人は笑うしさぁ」

おとなしい割に派手な失敗をするところは、この青年によく似ていると、話を聞くたびに杉本は感じて、その明るい微笑ましさに笑いが洩れる。

「可愛いじゃないか、おばさんも」

許してやれよ、と苦笑すると、ぷうっと彼は頬を膨らました。

「とか言いつつ、絶対杉本さんだって、その場に居たら『やめてくれっ！』って怒鳴ってますよ」

「かなあ」

そうかもしれんとは思いつつ、喉奥でつい笑う杉本に、ますます中嶋は不貞腐れた。

「ま、いいっすけどね。どうせ俺は杉本さんみたいに、渋くはなれないっすけど」

「バーカ。てめえと杉本サンじゃ人種が違うんだよ。顔から違うだろうが、だいたいが。この愛想のなさとおっかなさでも、なんとなく許されてんのは、ひとえにこのツラだ、ツラ」

高野が、誉めているのやらけなしているのやらわからないまぜっ返しをして、杉本は奇妙な表情をしてしまった。

「高野、俺はどうコメントすればいいんだ？」

「まま、流してね。さらっとね」

冷やかすように高野はにやりと笑って、そういえば、となにごとかを思い出したように話しはじめた。

「ババアって、懸賞とかすっげ燃えねえ？」

「あ、燃える燃える！　テレビのプレゼントとか、超ハガキ出してるよ、ウチのかーさん」

だよなあ、とげらげら笑った高野の言葉に、杉本は一瞬、背筋に冷たいものが走る。

「もー、この前も、クイズ番組で、群馬の奥だったかなあ、温泉旅行が当たったってさあ、大騒ぎよ！　姉貴と二人で服はどうするの、日程はどうするのってえっれえ騒ぎで——」

からからと笑う彼は、自分の失言にまったく気付いてはいないようだった。

（……バカ……！）

中嶋に気付かれぬよう、杉本はそっと舌打ちをする。

このところ練習やリハーサルに遅刻や欠席の多い高野の、その理由として、杉本と高野がでっちあげたのは、彼の母親のヘルニアがまた悪化した、というものだった。

（腰の悪い人が、山奥の温泉に行けるかって言うんだ！）

ひやりとする心情を顔には出さず、しかしわずかに杉本の表情はぎこちなくなる。だが中嶋は「大変だねえ！」とあくまでにこやかで、杉本は取り越し苦労か、と一瞬ほっとする。

しかし、そのあとに続いた中嶋の言葉に、今度こそ杉本は色をなくした。

「——それ、いつのこと？」

あっけらかんとした声に、高野はまるで気付く様子もなく、言い放った。

「ああ？　もうそれが、先週のことでよ、ほらあの、俺が来れなかった——……？」

その言葉に、一瞬にして笑いをなくした中嶋の顔に、高野は怪訝そうに眉を寄せ、そして。

「っ！」

ぎくり、となって肩を強ばらせた。

（ああ……）

よせばいいのに、そのまま杉本を思いきり振り仰ぎ、

杉本はどうにもできずに力ないため息をこぼす。

高野の顔には、思いきり、「どうしよう」と書かれている。このまま掴み掛かって頭を二、三発殴ってやりたい気分に駆られながらも、沈黙してしまった中嶋の様子が気になって、恐る恐る杉本は童顔の彼に目を向けた。

「――ふうん」

冷めたような声が、常には表情豊かな口元からこぼれ、杉本と高野に突きささる。

見たこともない、強い表情の青年が、じっと二人を見つめていて、杉本は唇を噛み締める。心臓が早鐘《はやがね》を打ちはじめ、嫌な汗がじっとりと手のひらに滲《にじ》んだ。

「やっぱり、変だと思ったんだよね」

「あ」

初めて聞くような中嶋の冷たい声に、ぱくぱくと口を開け閉めしていた高野は、結局はなんの言い訳も思いつかなかったのか、小さく唸《うな》り、そのままがっくりとうなだれた。

「圭亮、ここんとこの連絡、全部携帯にしろって言ってただろう。変だと思ったよ。家の人にも、口止めしてたんだな？　お姉さん、ずいぶん電話で歯切れ悪かった」

「かけんなって言ったじゃんかよ……！」

かっとなったように怒鳴った高野も、臆することのない中嶋の真っすぐな視線に、決まり悪げに目をそらし、語尾を弱くする。

「なに、隠してんの」

思いもかけない鋭さで、中嶋の声が二人を圧迫する。

「杉本さんも、知ってるんですね」

言え、と、その静かな声は迫った。

黙っていることができなくなったのは、結局高野の方だった。杉本は、もうこうなればなりゆきに任せようと、肯定の沈黙を決めこむ。

(責められて、しかるべきだろうな……)

すべてを聞き終えて、中嶋はどう出るのか、それを待つしかない、と感じていた。

歯切れ悪く、つかえながら口ごもりながら高野がすべてを告白するまで、まったく中嶋は無言でいた。

しかし、高野の声が消えるや否や、彼は大きく息を吸いこみ、その大きめの丸い瞳をかっと見開く。

「アンタたちは、人をバカにしてるのかっ!」

はたして、中嶋は怒鳴った。怒りに瞳をきらめかせ、頬を紅潮させ、高野の胸ぐらを掴んで、杉本を睨み付ける。

「なんでそんな大事なこと、いままで黙ってるんだよ！　そんなに俺が信用できないか!?　そんなに——汐野を、信じてやれないのか！」

初めて見る彼の激しさに、彼よりもはるかに大柄な二人は、ただ圧倒される。

「信じてないわけじゃねえよ、ただ……！」

「言い訳はいい！」

言い差した高野の声を、ぴしゃりと中嶋は封じた。

「汐野が傷つくだろうって!?　当たり前だよ！　あいつがどれだけアンタたちのこと信用してると思ってるんだよ！　裏切ったと思われるのが恐いって、そんなのただの甘えじゃないか！

……ふざけんなよ、見損なうな！」

ぎりっと唇を噛んだ中嶋の声は、潤んでいる。

「なんで……こんなふうに、アンタたちのこと、問い詰めなきゃなんないんだよ、俺が……俺が！」

おっとりと明るい彼も、また傷ついている。

「俺、なんか変だって思ってたよ……でも、待ってたのに……ちゃんと話してくれるの、待ってたのに！」

いつでも少しだけ行動がスローテンポで、残る三人に子供扱いされてきて、それを甘んじて受ける度量の広さを、杉本はいつも好ましく感じていた。

信じてくれていたから、彼は待っていたのだろう。様子のおかしな友人のことを、ただじっと、その子犬のような瞳で。

勝手な思惑でその信頼を裏切ってしまったことを、ひどい苦さで杉本は受け止める。

すべてを曝《さら》け出して話せとは言わない。けれど、いままで、大事なことはなんだって、分かち合ってきたはずなのに。

「いちばん肝心のことじゃないか……俺たちのことじゃないか！　抜けるなんて、なんで……！」

「哲史」

「なんで黙ってんだよ、ばかやろぉ」

胸ぐらを掴まれた高野は、なにかひどく身体のどこかが痛んで、息ができなくなってしまったような表情をした。

「ごめん」

高野の声は、ひどく力ないものだった。

中嶋のうつむいた丸い瞳から、ぽろぽろとこぼれていくものを直視できずに、杉本は目をそらした。胸にある重い苦さに耐えかね、煙草に火をつけ、深く吸い付ける。

そして、煙を吐き出そうと、ふいと顔を上げた瞬間、指に挟んだその細長い物体は、擦り抜けて落ちていく。

「――……？」

ぽとり、という小さな音が、吸収材に壁面を覆われ、防音処理の施された部屋のはずなのに、やけに響いた気がした。

「どういうことだ、そりゃあ」

居るはずのない人物の声が、ひどく遠くから聞こえてくる。

「なんの話だ、おまえら、……なんの」

高野も、中嶋も、その声に凍り付いたように、動きを止める。

杉本は、そして声もなく、入り口にたたずむ蒼白《そうはく》な顔色の汐野を、眺めるしかなかった。

＊　＊　＊

「抜けるだと……？」

凄まじく低められた声に、高野は顔色をなくした。細い足はゆったりとした足取りで、その高野の前へと歩み寄ってくる。

「なんで……汐野」

茫然とした中嶋の声に、汐野は答えない。

「なんの冗談だ、高野」

爛々《らんらん》と光る目で、睨み付けてくる、その迫力に、室内の三人は声もない。

「冗談だろう？ ……それともマジか」

口調だけは軽く、しかし彼から立ち上る怒りのほむらは、生半可なものではない。

「訊いてんだろうが！ 俺がっ！ 答えやがれ！」

いままで高野を戒めていた中嶋を乱暴に押し退け、怒りに震える細い指は高野の肩を掴みしめる。

観念したように、高野は口を開いた。

「マジだよ……っ！」

その瞬間、派手な音とともに高野の日に焼けた頰は張り飛ばされる。

「なに考えてんだてめえ、こんな時期に！」

空気をびりびりと震わすような怒声が響き渡る。

きつい声音であるというのに、その声は痛ましく、中嶋は静かに潤んだ赤い瞳を伏せた。

「俺だってやめたかねえよっ！ けど、……けど、しょうがねえんだよっ！」

殴られた頰を押さえ、高野は険しい顔で怒鳴った。

「いろいろ考えたさ！ 悔しいよ、俺だって！ けど……けど、オヤのこと考えたら、もうどうしょーもねえじゃねえかよっ！」

それ以上はもう語れずに、高野はたくましい肩を悄然《しょうぜん》と落とし、唇を震わせた。

「ふざけんな」

冷たく吐き捨て、汐野はそのまま背中を向ける。

「汐野……っ」

たまりかね、口を開いた杉本は、射殺すかのような視線で黙らされる。

「アンタは、知ってたんか」

「─」

追いかけようとした杉本の足は、一瞬その場に縫い止められる。

張り詰めていた瞳がくしゃりと歪み、瞬時に泣きだしそうな切なさを覗かせる。鋭い銛《もり》で突き刺されたようなショックが、心臓を直撃し、杉本は自分の喉がひゅうっと音を立てるのを聞いた。

「くそったれ……！」

「待っ……！」

走り去る背中の弱さに、自分たちが───自分が、いったいなにをしでかしたのか、杉本はようやく気がついた。

最悪だ。血の気の引いた頭で茫然と立ちすくむ杉本に、鋭い声が飛ぶ。

「ぼーっとしてる暇あるなら、追っかけてくださいよ!」

どん、と突き飛ばすような勢いで、手のひらを背中に押しつけられ、まくしたてるような涙声が、杉本を責める。

「口下手でもなんでも、言わなきゃいけないことだってあるよ! 杉本さんはいつも黙ってばっかりで、それじゃなんにもわかんないじゃないか!」

「中嶋」

なにか含むところのあるような言葉に、杉本は目を見開く。

「あなただっていろいろあるんでしょう! だけどあいつがどれだけ悩んでるのか、なにに悩んでるのか、知ってますか!? 考えたことあるんですか!」

ずるいよ、と中嶋は叫んだ。

「あなたを連れてきたのは俺だよ、だけどずるいじゃないか、汐野の頭ン中、全部いっぱいにして、かっ攫《さら》って、自分はなんにも出さないのか!?」

かつて高野の言った悔しさを、彼もまた持っていたのだろうか。

「なにを……聞いた」

突き刺さる言葉たちにあえぎながら、蒼白な顔で、杉本は虚ろに尋ねる。

激したように、中嶋は杉本の背中を拳で叩いた。

「なんにも。なにも! なにも言わないよ! だけど、泣いてた! 『もう、あいつのことは、なにがなんだかわかんねえ』って……泣いたんだよッ……！」

そんなの、杉本さん以外いないじゃないか、と中嶋が泣いている。

「杉本さんのことばっかりだよ。アンタのことばっかりだ！　あいつが話すのは、いつもいつもいつも！」

誰のものでもない、でも『俺たちの』汐野だったのに。

「変えちまったの、杉本さんじゃないかぁ……っ！」

頭を殴られたようなショックから、杉本は立ち直れない。

（……泣いた？）

（汐野が？）

（俺の……せいで）

そんなことに、気付きもしなかった。

自分のことで、手いっぱいだった。

愕然《がくぜん》とするまま、背中に受ける衝撃を、自分への罰のように杉本は受け止める。

「俺は、あんな汐野知らないよ……っ」

「哲史、よせよ」

俺が悪いんだ、と高野は呟いて、中嶋の拳を杉本から引き剝がす。

「俺が、杉本サン巻きこんじまったんだ。こいつ、責めるのは筋が違うよ」

「うー……っ」

しゃくり上げる中嶋を捕らえたまま、高野はじっと杉本を見つめた。

「─行ってくれ」

静かな声に、応えられるだけのものを、いったい自分は持っているのだろうか。

「俺は」

杉本の迷う瞳を見返し、高野は怒鳴り付ける。

「連れ戻してこいよ！　とっとと！　ぼっとしてる暇、ねえだろうがっ───！」

眼底の奥がいやに痛んだ。血の気の失せた冷たい手のひらを、かたく握り締め、高野と、中嶋を交互に見つめる。

「俺が」

唇からこぼれる言葉は、身体中をけたたましく騒がせる血液とは反するように、ただ穏やかにさえ響いた。

「もらっていいか、……高野、中嶋。あいつを」

間に合ってくれ、と祈るように、杉本は二人に背中を向ける。

「あいつ、もらうぞ」

許せ、と告げた言葉に、高野は首肯いた。そして杉本は走りだす。

消えていきそうな背中に。

この指と言葉と心を、届かせたくて。

まだ泣きながら、畜生、と呟いた中嶋の頭を、高野は子供にするように、よしよしと撫でた。

「圭亮のくそばか」

「ああ、ああ、俺が悪いよ」

「俺はいいって言ってないのに」

もらう、と杉本は言った。

許せないのに許すしかない。

だって。

「しょーがねーべや」

中嶋の、弾けてあふれた気持ちを代弁した高野の、くわえ煙草の笑みは、どこかほろ苦い。

「馬に蹴られるのはゴメンだろ。あー、も、泣くなうっとおしい」

しょーがねえ。オレたちは汐野を大事にしすぎた。

「やっぱ、花嫁の兄かなあ」

呟いた言葉に、死んじまえ、と泣き続ける中嶋も、もう本当は諦めているんだろう。

三人でいる時間が楽しすぎて、このまま、このままと思ううちに、きれいな友人が変わっていくことを止められもしなかった。

大事で、大事すぎて、抱き締めてやるだけの激しさを、持つことがかなわなかったのだ。

（……間に合えよ）

案外鈍い色男は、どうにもいい奴で、しかしそのぶん臆病だ。

あの気の強い猫に、追い付けるか、捕まえられるか、そればかりが少し、不安だけれども。

＊　＊　＊

まろぶように飛び出た夜の街並みには、当然ながら汐野の姿は見えなかった。

どちらへ向かったのかも定かではないままに、無意識のまま、いつも自分たちが辿《たど》っているルートを杉本は選び、その長い脚で駆け抜けていく。

脳裏にある中嶋の激しい声が、杉本の口腔を苦く乾かせる。

――『もう、あいつのことは、なにがなんだかわかんねえ』って……泣いたんだよ！

いったいそれはいつのことだったのか。

――変えちまったの、杉本さんじゃないかっ！

自分は汐野のなにを、見ていたのだろうか。

呼吸があがって、肺が破裂しそうに苦しいのは、全力で走る苦しさばかりではない。

誰かの肩にぶつかって、悲鳴じみた罵声がぶつけられても、杉本には届かない。

この耳に届く音は、汐野の声以外、杉本にはなんの意味もなさないのに。

振り返り、去りぎわに見つけたあの泣きだしそうな瞳が、やみくもな焦りを誘い、身体を鈍くする。喫煙の習慣のせいで、高校の頃よりも確実に体力が落ちている。

だらしない、身体。だらしない——。

(もらうぞ、なんて言っておきながら)

その実、汐野を見つけられるかどうか、わからないでいる。

彼に対する自信も、未だに持てない。けれど、諦めるわけにはいかないのだ。

高嶺の花を、この手に手折《たお》ることになっても、傷つけても泣かせてしまっても、無理矢理にでも。

捕まえる。

みっともなくて臆病な自分の、本気が彼には重すぎても。

「くそ」

街ゆく人の中には、厚手のコートに身を包んでいるものもあるというのに、杉本は薄手のジャケットを羽織っただけの姿でいる。それでさえもだらだらと流れ落ち、目に染みる汗を、袖口で拭った。

行きつけの店も覗き、彼が、自分らがよく立ち寄る場所のすべてを一通り走り抜け、それでも汐野を見付けられない。

「どこに、いるんだ……！」

ついにはガクガクと震えはじめた膝に舌打ちし、両手で摑みしめて大きく肩を上下させながら呼吸を整える。

時計を見て、もうあれから三十分以上は走り続けていることに気づき、焦りは恐怖にも近いものになる。

このまま、彼を捕まえられなかったら。その考えに、ぞっとするような悪寒が、背筋を走る。

（落ち着け……）

息を弾ませながら杉本は目を閉じ、両手で顔を覆って、自分に言い聞かせた。

（あと、まだ……行ってない場所……！）

そしてゆっくりと深呼吸して、脳裏に浮かんだインスピレーションを信じ、駆け出していく。

駅前にかかる大通りの、交差点の前を左に折れると、少し細い通りに入る。突き当たりの角の前に、小さな児童公園があって、終電を逃した夜にはたまさかに、四人でたむろすることもあった。

（居てくれ……頼むから……）

地面を蹴る脚先が痛んで、けれどそんなことを気にしている余裕はない。

杉本の大きなストライドが、風を起こした。

険しい顔で走り去る背の高い姿を、通りを歩く人々は奇異な目で見つめ、そ知らぬ顔でまた去っていった。

＊　＊　＊

砂利《じゃり》を踏みしめた音にはっとなったように、ベンチに腰かけていた汐野は顔を上げた。放心しているような虚ろさを一瞬見せたあと、キュッと唇を噛んでまた自分の腕に顔を埋める。

「汐、野」

まだ荒れた息を整えられず、喉の奥が張りついたような感覚のまま声をかけ、杉本は激しく咳きこんだ。立ったまま上体を深く折り曲げ、それに耐えると、ぱたぱたと地面に汗が落ち、小さな染みを作る。

耳鳴りがして、頭がひどく痛む。燃えるように熱い頬を袖口で拭った杉本に、表情の抜け落ちたような声が届いた。

「―なんか、用事？」

あと数メートルの距離なのに、その声がひどく遠くから響いて聞こえた。

「話、を」

息を切らしながら、喋ることがまだ辛くて、咳きこみながら杉本は顔を上げた。

「ちゃんと、聞いて、もらいたくて」

「なんのハナシだか」

ふっと鼻先で笑って、歪んだ笑いを浮かべる汐野のまわりに漂う空気が、ひどく冷たい。

遮蔽《しゃへい》された壁の向こう側から、冷めきった眼差しを向けられているような感覚がある。

はじめて出会ったときと同じ――いや、それ以上の敵愾心《てきがいしん》を顕にした汐野に、杉本は左胸をじくじくと疼《うず》かせる。

その声に含まれているものが、憤りや責める響きならばまだ救われるのに。

無関心な、すげない声はなんの感情さえ読み取らせない。

「黙ってたのは……悪かった」

その冷たさに、確かに臆している自分に、もどかしさと腹立たしさを覚える。

「言いづらかったんだ、高野も、俺も……中嶋や、おまえに責められても、しかたが」

「もういいよ」

杉本の声を遮り、汐野は笑ってさえ見せた。しかしその瞳は昏《くら》く、凍《い》てつくような鋭い光を放っている。

「いつまでやるって？　あいつ」

呑まれたように声をつまらせながら、問いかけに応えるのにひどく気力がいる。

「CDのレコーディングまでは」

「あ、そ」

ひょい、と軽い動作で立ち上がった汐野は、細い腕を頭上で組み、杉本に背を向ける。

「おい、どこ行くんだ」

そのまま歩きだした華奢な背中に声をかければ、「関係ねえだろ」と背中ごしに答える。

「汐野……！」

追いかける声に、彼は首をめぐらせ、激しく燃えるような目で杉本を睨んだ。

「俺がなにしようと、アンタにいちいち言う義理ない！」

「！」

杉本は、その言葉に息を呑んだ。

それまでの平静な声が嘘のように、一瞬だけ覗かせた激しさのまま、汐野は吐き捨てる。

「アンタだって俺に、なんにも言わねえんだから。これであいこだ。ハナシはおしまい。じゃ、ね」

そしてふっと息をつくと、杉本から目を逸らす。また歩きだした後ろ姿を逃すことはできないと、杉本は汐野の腕を強引に掴んだ。

「―なに」

強い翳《かげ》りに彩られた漆黒の瞳を、真正面から見据える。

「高野は、おまえに、裏切られたと思われたくないと、そう、言ってた」

杉本の存在自体を拒む瞳に負けそうになりながら、必死で言葉を紡ぐ。

「確かに。黙ってたのは卑怯だったかもしれないけど、……傷つけるつもりじゃなかった」

すまない、と言うと、苛立ったような声で、「だから?」と彼は嘲《せせ》ら笑《わら》う。

「ヤツんちのおふくろさんが良くないってのは知ってたし、あいつも悪ぶってても孝行息子なのはわかってたよ。だから、こうなるのは遅かれ早かれ、だろ。んなこたあ俺だってわかってんよ」

そして、やけにゆっくりとした動作で、杉本に摑まれた腕を解いた。

「でもなんで、俺じゃなくて、アンタに言うの」

「だからそれはっ……!」

目を伏せたまま、不意に弱くなった声に、杉本は言い募る。

「別におまえをないがしろにするつもりでやったことじゃない! ……そうじゃなくて、高野は……!」

「だからぁ、もういいって」

声を強くした杉本に、うんざりしたように汐野は手を振った。

「怒ってるわけじゃねえんだからさ。そんな必死で言い訳しなくていいってば」

「おまえ……!」

「なんだよ？」

投げ遣りな物言いが癇《かん》に障《さわ》り、その薄い肩を強く摑む。

だが、シャープなラインのきれいな瞳にじろりと睨《ね》めつけられ、杉本はなにも言えなくなってしまう。確かにいまなにを言っても、彼には言い訳としか映らないだろう。

目元を歪めてうつむき、言葉を失った杉本に、汐野はどこかぼんやりした視線を向けた。

「レコーディングの日程、オーヴァードーズの連中が押してるから、少し変わるかもしれないってさ」

「え？」

唐突な言葉に顔を上げれば、汐野は先ほどまでとはまるで違う表情をしていた。ほんのわずかに眉根を寄せ、苛立つようなきらめきを放っていた瞳が、ひどく頼りなく歪んでいる。

微笑みに似たその表情に、心臓を鷲摑《わしづか》まれたような痛みを覚え、杉本は嫌な力が背中にこもるのを感じた。

あくまでも昏い色合を湛《たた》えた瞳が映し出すのは、絶望だろうか。

「今日、焦ってて言い忘れて。慌てて取って返せばあれだしさ」

くすりと笑う汐野の瞳が、杉本を見ていないことは明白だった。

「なんかもう、ヤんなった」

遠い眼差しが恐ろしくて、両肩を捕らえ、瞳を覗きこむ。目を合わせるのに、彼の心がここにはないことが、虚ろな表情から読み取れる。

「汐野っ……！」

指先がかたかたと震えだし、恐怖に耐え切れずに抱き締めた細い身体は冷えきっている。

あれほどに暖かかった体温さえも、失ってしまったような汐野を、きつく戒めた杉本の胸元から、小さな声が拒絶を囁いた。

「触るな」

汐野は、指先ひとつ動かさず、離せ、と告げた。

「もう、ヤんなったって言ったろ。もう、俺にはアンタがわからねえ」

感情のない声で、彼は淡々と、なにかに憑《つ》かれたように言葉を紡ぐ。

身体の節々が、千切《ちぎ》れそうになる。あの情感豊かな声を、こんなふうに色褪《いろあ》せさせた。その後悔の苦みが、自分のずるさへの罰なのだ。

「こんなことで誤魔化されるのも、嘘つかれるのも、裏切られるのも、もう俺は絶対に嫌だ」

離せ、と繰り返す。嫌だ、と杉本は腕の力を強めた。

逃がさない、と抱きすくめれば、彼はそれまでの静けさが嘘だったかのように、激しく腕の中で暴れだした。

「離せよ……離せ！　ばかっ！　……いやだっ！」

やみくもに振り回す腕を押さえこみ、また弾かれて身体のあちこちを殴られる。

痛みは、甘んじて受けた。傷つけてきた、そのことを思えば、身体の痛みなどなんのこともない。

けれど、汐野の叫んだ言葉に、杉本は目の前がブラックアウトしたような錯覚に陥った。

「散々、触っただろう⁉　気がすんだだろう！　いい加減、……もういい加減、人の身体で、遊ぶのはもう、やめてくれっ！」

そして、瞬時に弛《ゆる》んだ力を、汐野は見逃さない。撥《は》ね除《の》けるように杉本の胸を突き飛ばし、自分の身体を両腕で包みこんだ。

「どういう……意味だ」

意味が理解できずに、杉本は目を見開く。

「俺が……俺、は……そんなふうに」

茫然と、意味をなさない言葉を杉本は呟く。

気がすんだだろう、汐野はそう言った。

遊ぶなんて、そんな言葉で。あの、胸を掻きむしられるような、痛みばかりの強い、抱擁《ほうよう》を。

震える声と唇を噛み締め、蒼白な顔色で二人は睨《にら》み合った。

「違うのかよ」

嘲《せせ》ら笑うような声音を、歪んだ表情が裏切っている。しかしそれを慮《おもんぱか》る余裕は、もう杉本にはない。

眩暈がする。吐き気さえもよおしそうだ。すべてが汚れて、粉々になって地面に叩きつけられる。

「じゃあおまえは、いったい……っ！」

どういうつもりで、この背中を抱き締め返したのか。

「そんなもん」

血を吐くような杉本の声は、露悪《ろあく》的な呟きに叩き落とされる。

「金がなきゃ、カラダで返すってのは、相場じゃねえの」

嘲ら笑う瞳が、潤んでいるのには気づいていた。彼にこんなことを言わせているのが自分だということも、知っている。

それでも。

「ッ！」

殴り付けていた。平手ではあったけれど、容赦なく。

手のひらに熱が走って、小作りできれいな頬に、ひどい痣《あざ》がつくほどに。

「た……」

ぐらり、と倒れかけた汐野は、ベンチに腕をついてまろびかけた身体を支えた。

こぼれ落ちる前髪に隠れた目元が、どんな表情を浮かべているのか、うかがうことが恐ろしい。

やわらかな唇の端から、つうっと赤い液体がこぼれ落ち、それを凝視しながら杉本は震える声を放った。

「俺は、謝らない」

口の端を汚しながら流れ落ちる血を、汐野の細い指が拭って、彼は唇を歪め、鼻先で笑った。

「アンタさ。人、好きになったこと、ねえだろ」

唇を歪めたまま、汐野は呟いた。

「言葉が下手で、そんで誤解されても、まあいいやって、すぐに諦めるだろ。ずっと、そうしてきたんだろ?」

必死になって、誰かになにかを言ったことなどないだろう。汐野は、そう指摘した。

杉本は沈黙する。答えることができなかったのは、それが事実だからだ。

執着することが少ない自分は、誰に対してもそうだった。恋人も、友人も、そんな杉本を「しかたない」と諦めつつ、受け入れてくれていた。

「それでもなんとなく、すんじまうとこあるよね、アンタだったら」

ことに誰かを好きになったとき、自分からそれを伝えたことがあるかとふと思って、杉本は愕然とする。

(……一度も、ない)

ただ与えられる好意を受け入れ、相手の去っていく姿を追ったこともない。

硬直した杉本に、汐野は痛ましいような表情をする。

「知らないんじゃ、しょうがねっか」

そして、傷ついた唇のまま、淡く微笑んだ。なにかを諦めてしまったようなその笑顔に、やみくもな焦りが沸き上がる。

「俺は」

言葉が出ない。

言いたいことがあるのに、伝えなければいけないのに、それができない。

「やっぱりな」

吐息して、汐野はゆっくりと立ち上がった。

ひゅっと息を呑む音だけが、杉本の唇から洩れる。

声が出ない。

言葉がわからない。

もうこれ以上汐野を傷つけたくはないのに、なにをしても、なにもしなくても、彼はきっと。

自分のせいで壊れていく。

「やっぱり……アンタは、なんにも言わない」

静かな震える声が、杉本を責める。

「わかってたけど……っ」

引きつるような呼気が、汐野の仰《あお》のいた細い喉から洩れた。夜空を見上げる頬は、静かに伝い落ちる透明な雫《しずく》で濡れている。

「訊いても答えない、なんにも言わないで、……なのに、なんで……なんでアンタ……俺を引っ掻き回すんだよっ！」

身じろぎさえできずに見つめれば、見るな、と汐野は叫んだ。

「そんな目で見るな……！ 俺は、アンタを許せないんだから……っ！」

その言葉は、見つめられれば許してしまいそうだからとも、受け取れる気がした。

けれど、それを確かめる術がわからない。

立ちすくむ杉本に、そして汐野は背を向ける。

走り去る背中を、なぜ見送ることなどできたのだろうか。

なにかが壊れてしまったように、微動だにしないまま、杉本はその場に凍り付いたままだった。


帰りついた部屋は、無人のままだった。

狭いはずの空間はやけに寒々しく、拒絶するような冷たさで杉本を迎える。

どうやってここに戻ってきたのか、まったく覚えていない自分を心の片隅で訝りながら、ぐったりと畳のうえに仰のけになる。

出がけまで、汐野の使っていたテレキャスターが、片付けられもせずにいることが杉本の脱力感をさらに煽った。

「……」

天井に向け、なにごとかを呟こうとした唇からは、やはり声が出なかった。

ひりひりと喉が痛んで、閉じることを忘れた瞳がぼんやりと霞《かす》む。

汐野に突き刺された言葉が、ぐるぐると巡る。

(言葉が下手で、そんで誤解されても、まあいいやって、すぐに諦めるだろ。ずっと、そうしてきたんだろ?)

そうだったのかも——しれないけれど。

(なんでアンタ……俺を引っ掻き回すんだよっ!)

「こっちの、台詞だろ」

吐息だけの声が、そしてようやく、こぼれていく。

「なんでなんだ、俺はどうして」

せめて、時間をくれと待ってくれと言えなかったのか。

——人、好きになったこと、ねえだろ。

たしかに、そうだったけれど。

ずるいやり方を、してきてしまったけれど、汐野だけは、違っていた。

見ているだけで息がつまった。

抱き締めれば、気が遠くなりそうに、その暖かさに溺れていた。

鮮やかできれいな、その存在に、言葉よりもはやる心は触れたがって、そして肝心のことが置き去りのままだった。

好きだと、杉本は呟いた。

彼が居なければ、こんなに簡単に言えてしまうのに。

汐野でさえなければ、もっと楽に言える単語だ。

いままで使い捨ててきたモノのような、熱意のないそれと同じで。

「好きだ」

こんなシンプルな言葉が、どうして出てこないのだ。

泣かせてしまって、この腕から擦り抜けていった、後ろ姿が目蓋《まぶた》に浮かぶ。

後悔ばかりが押し寄せて、きつく自分の胸元のシャツを握り締める。

鼻の奥がつんと痛んで、けれど涙は堪《こら》えた。

泣く資格など、いまの自分にはないと、杉本はそう思った。

告白の言葉は宙に浮き、涙も声も殺し、初めての本気の恋に胸を焼いたまま、眠れずに杉本は朝を迎える。

日が高く上っても、部屋の中にあの涼しげな姿は見つけられず、いくつかの荷物と、杉本の胸にひどい重さを残して。

汐野は、そのまま戻っては来なかった。

あとがき

今作はノベルズ『ＩＮＶＩＳＩＢＬＥ　ＲＩＳＫ・１』の文庫化となります。

すでに本文をお読みになった方はおわかりかと思いますが、じつはこれ一冊で話が終了しておりません。来月刊『ＩＮＶＩＳＩＢＬＥ　ＲＩＳＫ・２』にてストーリーは完結となります。そのさらに翌月、七月にはその後の番外編＋書き下ろしをまじえた『ＩＮＶＩＳＩＢＬＥ　ＲＩＳＫ・３』が刊行の予定となっておりますので、どうぞよろしくお願いいたします。

と、のっけからインフォメーションでしたが、あらためまして。

この話は冒頭で申しあげたとおり、一九九九年に刊行されたノベルズなのですが、物語としてはむしろ一九九〇年代初頭の設定となっております。ノベルズ版との大きな違いは最初の一ページ目、時代設定がはっきりするようにと、そこだけ加筆しております。

ふだん、ノベルズの文庫化などではかなりの改稿をするのですが、この話ほど古くなってしまうと、もはや文体だけではなく、キャラクターから展開、内容についても『いまの自分』では書かないことだらけで、どうにも手がつけられませんでした。いろんな意味で拙い作品ですが、わたし自身の人生初といってもいいくらいの長編、ある意味このまま出すのがおそらくベストであろうと信じ、そっくりそのまま出しています。

自分自身が十代から二十代にかけて、いわゆるロックバンド系音楽というものが好きで（いまだにそれは変わっておりませんが）、インディーズバンドというのが世間にやっと出てきたころ、ありとあらゆるライブを見にいったりしておりました。

友人がやっていたバンドや、ライブハウスをやっているひとたちと親しくさせてもらって、いろんな話を見たり聞いたりした、そういう思い出がめいっぱいつまっている話です。

杉本や汐野の活動形態は、地道に『デモテープ』を作り、目当てのライブハウス《ハコ》へと持ちこんで、歌わせてくれと頼んだり、はたまたライブのあとにこれまた手焼きのテープを売ったり……という状況で、それは作中でも描いているのですが、二〇一〇年のいまとなれば、日本のインディーズ音楽市場はもはやメジャーと大差のない上体となり、『インディーズデビュー』なる言葉もあるくらいです。またインターネットの普及により、素人が音楽を発信する形もWEB中心となり、また作られる音楽そのものも多様化していったなあ、と感じていますが、いろんな音楽を聴き、またそれに夢中になっているひとたちを見ていると、やっぱり『ライブ』での一体感というものだけは変わらないのだな、と思います。

と、なんだか音楽関連の話ばっかりでしたが、作品についてちょっぴり。

杉本と汐野は私のいろんな意味での原点的なふたりです。朴念仁ヘタレ攻めにツンデレにゃんこ。もうこのころからこういうカップル好きだったのね～、と本当にしみじみします。じつは脇キャラでは高野がかなりのお気に入りなのですが、この手のキャラも、その後いろんな作品でよく出てくるタイプの「いいやつ」ですね。

この作品にはいろんな思い出があるわけですが、とりわけ、担当さんとの思い出が一番大きいかもしれません。このシリーズの二巻目を出すにあたって、担当女史とはじめてお仕事したのですが、それからもう十年以上のおつきあいとなりました。

当時、この本の刊行にあたって少しばかりトラブルがあり……というかストレートに言ってしまえば、二巻目が出る前に当時の担当さんが私に無言で退職していた、というけっこうトンデモな事態がありまして。結果、現担当さんとの初電話は「いったい、完結してないこの本は出るのか出ないのか」問題の相談という、かなり気まずい状態（笑）だったのにも関わらず、大変誠実に対応していただきました。

Iさん、あのときの電話で私の話をきいてくださったこと、そして誠実に対処してくださったこと、本当に感謝しております。めぐりめぐって文庫になったこの本も担当していただくことになって、なんかいろんな意味で感無量です（笑）。今後ともよろしくお願いします。

そして新しいビジュアルを与えてくださった、イラストレーターの鈴倉先生、繊細で愛らしいイラストをありがとうございます。あとがきによると音楽関係のイラストは初だとか……ご面倒をおかけしましたが、二巻、三巻もどうぞよろしくお願いします。

そして、なつかしいお話を読んでくださった皆様、若書きというにも拙い話ではありますが、どうぞ最後までおつきあいのほど、よろしくお願いいたします。

音楽雑誌をうまれてはじめて買いました。
うたっているひとや演奏しているひともはじめてかきました。

はじめてだらけですがたのしかったです！

2010.　すずくらはる

ダリア文庫をお買い上げいただきましてありがとうございます。
この本を読んでのご意見・ご感想・ファンレターをお待ちしております。

〈あて先〉
〒173-8561　東京都板橋区弥生町78-3
(株)フロンティアワークス　ダリア編集部
感想係、または「崎谷はるひ先生」「鈴倉 温先生」係

❋初出一覧❋

INVISIBLE RISK 1 ・・・・・・・・・・・・・ムービック刊「INVISIBLE RISK 1」(1999年10月)より、表題作を加筆・修正

INVISIBLE RISK 1

2010年5月20日　第一刷発行

著者　崎谷はるひ

発行者　藤井春彦

発行所　株式会社フロンティアワークス
〒173-8561　東京都板橋区弥生町78-3
営業　TEL 03-3972-0346　FAX 03-3972-0344
編集　TEL 03-3972-1445

印刷所　図書印刷株式会社